舒翁吟稿

刘永义◎著

安徽师范大学出版社
·芜湖·

图书在版编目(CIP)数据

舒翁吟稿 / 刘永义著. -- 芜湖 : 安徽师范大学出版社, 2025. 1. -- ISBN 978-7-5676-6847-8

Ⅰ. I227

中国国家版本馆CIP数据核字第2024NL4204号

舒翁吟稿 刘永义◎著

SHUWENG YINGAO

责任编辑: 胡志恒　　责任校对: 李克非　黄腊云

装帧设计: 张　玲　　责任印制: 桑国磊

出版发行: 安徽师范大学出版社

芜湖市北京中路2号安徽师范大学赭山校区

网　　址: http://press.ahnu.edu.cn/

发 行 部: 0553-3883578　5910327　5910310(传真)

印　　刷: 苏州市古得堡数码印刷有限公司

版　　次: 2025年1月第1版

印　　次: 2025年1月第1次印刷

规　　格: 880 mm×1230 mm　1/32

印　　张: 8.5　插页:3

字　　数: 167千字

书　　号: 978-7-5676-6847-8

定　　价: 48.00元

作者近照

作者从戎照片

作者与妻子盛玉莲合影

作者与妻子盛玉莲摄于海南

作者与妻子盛玉莲摄于莫斯科

作者与妻子盛玉莲及女儿、女婿合照

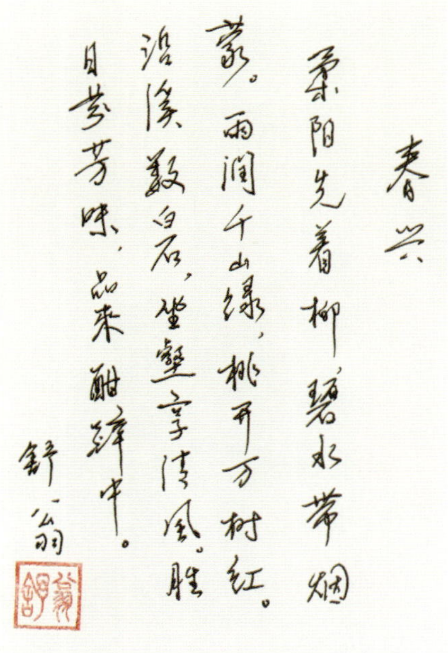

春兴

东阳先着柳，碧水带烟蒙。雨润千山绿，桃开万树红。涓溪数白石，望壑享清风。胜日芬芳味，品来酣醉中。

舒翁

作者诗稿手迹

白发丹枫相与客　无声各自领秋情

张双柱

我同刘永义先生认识已有三十多年了。当时他在芜湖市图书馆任馆长，我在市人事局干部培训科任科长，工作上的关系，我们走到一起。也许有着一样的秉性，特别是有着一样的爱好，对中华文化和古典诗词的兴趣，以及对家乡诗词事业的关注，我们成了好朋友。他视我如弟，我敬他如兄。后来我们一同主持芜湖诗词学会工作，他更在工作上给了我极大的帮助。当刘兄将其准备出版的二十年来637首诗稿交给我，并嘱咐我无论如何给他写个序言，我诚惶诚恐，最终忐忑不安承接。虽经认认真真再三读稿，再三体会，现在也只能从以下几个方面谈谈我的个人心得。

一

许多老干部出版自己的传统诗词作品，不外乎一个目的，记录人生履历，留作后人纪念。所以，其作品大都采用白描的叙事手法，形象直观地叙写自己的人生历程，记叙作者与世沉浮、与世悲欢的人生经历。刘永义先生《舒翁吟稿》，也充分体现了这一特点。

刘永义先生曾在部队服役时间长达二十五年之久，回忆从军生活的作品不在少数，如《雷塘军营旧事八首》《访繁阳军营旧址》《战友会》《从军记》等。已是奔八老人，路过部队驻地听到熟悉的军号声，仍然豪情奔放不减当年：“伫立闻声胸浪鸣，临身顿觉入戎程。”（《过部队驻地闻号声有怀》）早年记叙从军的一首《苏幕遮》更是感人：“志从戎，情揽辔。夙愿如来，工友残杯泪，执手难分，何日会？挥手频频，忍向天涯地。　血方刚，磨砺矢。肩负金戈，风雪山川里。素约营盘终不悔。生死如何，不废人生岁。”这“终不悔”信念在《授军人“光荣之家”门牌》再次彰显：“金牌手捧忆军来，宿愿圆成眉笑开。风雨浸身戈剑立，炎寒守土日星陪。青春倾付志无悔，白首空归情不哀。常仰戎关旌旆赤，闲楼有梦柳营回。”

毕竟都是老人了，每次聚会，尤其是每送走一位战友，诗人内心世界是很敏感的。“已是古稀霜鬓重。”（《合肥池州芜湖战友相聚二首》）“只趁秋光品九州。”（《延安行杂咏六首》）“荒岭烟云时已过，孤营甘苦事难忘。别离相看鬓如霜。”（《浣溪沙·逢忠鑫战友》）“岁到如今，还是、沉浮哪索评阅。夜已永、思绪茫茫，冷盏残茶竭。”（《雨霖铃·回然园送战友》）

刘永义先生转业地方任图书馆馆长、书记十五年，使得一向爱读书的他如鱼得水，这也促使他一退休便全力投入诗词创作和诗词学会工作上。所以，《舒翁吟稿》记录这一段工作、生活和学习的作品尤多。“香樟深樾隐红楼，致事重来已白头。相看芸署临水色，留声归去入清流。”（《重上烟雨墩》）“文澜掀起驾新舟，书海高帆博浪头。渡得儒生彼岸富，回看苍棹烙痕悠。”（《阅芜湖市图书馆史料》）“湖水绕红楼，风染初青柳。又上烟墩故地时，未止书香诱。/相聚喜同仁，倾盏浓情酒。欢语随心溢满堂，共把嫏嬛绣。”（《卜算子·图书馆迎春座谈会》） 仅从这三个不同时间段的二诗一词，我们便可以感受到诗人对工作单位、对图书馆工作是多么热爱和怀念。诗人曾在《市图书馆纪事十首》发出感叹：“最是书楼归有识，文华永续著风流。”想必这也是诗人要出版个人诗集的动机。

如果我们把《市图书馆纪事十首》当作市图简明导游手册，那么我们还可以把一首首诗题、词题串起来，当作工作日志。譬如，《参观泾县新四军军部旧址二首》→《访南陵寨山》→《搜录芜湖历代诗词即兴二首》→

《编撰〈芜湖军事风云〉诗词歌谣篇》→《爱国词人张孝祥研讨会上作二首》→《郭珍仁先生诗词作品研讨会上作》→《暑期诗词培训班》→《无为采风三首》→《首次召开诗词学会老领导座谈会有感》→《赴无为共议增编〈芜湖历代诗词·无为篇〉》→《翠明园诗词交流会》→《芜湖诗词学会成立三十周年》……这些题目注上日期，难道不是一部芜湖诗词学会大事记？

诗，生活的沉淀及结晶。《舒翁吟稿》用了很大篇幅去写这一段段过往，就是为了获取生活沉淀及结晶。正如该书开篇之作《归途》（2003年元旦）和压轴之作《自吟》（2022年12月31日）所写的：“悠悠世道歇行程，无意经途坎与平。抖净一身尘及土，清游山水路新晴。”“一生甘苦老来知，论究枯荣时已迟。过往烟云作娱记，莫愁遗恨自吟诗。”

二

与绝大多数老干部不同的是，刘永义先生的诗词作品在诗意般书写人生历履的同时，不仅处处紧扣时代主旋律，描绘了人生的喜怒哀乐，抒发了对自然、对社会、对人生的深刻思考和感悟，而且充分体现了对传统诗词的敬畏，严守传统诗词创作规律，力争每一作品格调高雅，韵律优美，富有较强艺术感染力，能够引起读者的共鸣。

我读过《舒翁吟稿》的初稿和审校稿，我深知诗人每一作品得来不易。比较前后二书稿，诗人剔除作品三十余首，修改、润色更不计其数，这足见刘永义先生一贯的严谨风格。这风格，体现在诗词创作上，窃以为有两点值得每一习诗者借鉴。

首先，诚实的创作态度，真诚面对自己，真诚面对世界，一如他做人，从不弄虚作假。

翻阅全书，找不到一首诗是虚情假意的，也找不到一句无病呻吟的诗。《大阳埠湿地公园赏秋》“白发丹枫相与客，无声各自领秋情”句，很能说明这个问题。

若比较初稿和审校稿修改处，我们更能看出诗人的创作态度是多么严谨，又多么诚实。如《闲游》：“经年事毕已无为，清淡光阴慢适宜。村野逸行犹数步，不知身在度秋时。”初稿第二句一个字出律了，改；后两句觉得不甚理想，整句地改。再如《午睡》：“午枕醒来责鸟鸣，为何断我梦乡行。好景难归又惆怅，窗前梧叶望无声。”初稿后二句原是“好景半途辜绝岭，西江欲望愿无成”，写得有点空，空，往往就假了，这是诗人的创作态度所不允许的。《赭山夕照》：“霞光轻抹山林静，枫叶霜涵点点红。凭立楼台倾眼看，闲来慢品味无穷。”也是原稿后二句“闲立楼台时已晚，风来穿入冷襟中”不满意，改了。但望读者都来好好品味一下，品出刘永义先生所改之妙。

诚实的创作态度，真诚面对自己，真诚面对世界，其实包括了真诚面对每一作品，甚至每一句、每一字。写诗如此，读诗概莫能外。唯此，方能体验写诗之妙、改诗之妙，以及读诗之妙、品诗之妙。

其次，深沉的家国情怀，铭刻在骨子里，承载于字里行间，即便已是耄耋之年，初心不改，壮志犹在。

大凡写诗的人都熟知“诗言志”和“诗可以兴，可以观，可以群，可以怨”。这二句太过经典，恕不赘述，还是让我们直接读读《舒翁吟稿》，看看刘永义先生是如何践行古人开示的。

毋庸置疑，进行这样的创作，基本上都是咏古怀旧之作，如该书《海关怀古》《西安行八首》《游扬州瘦西湖》《登板子矶二首》《端午节怀屈子》《游包公祠二绝句》《芜湖长街即兴》《念奴娇·瞻杭州岳飞祠》《卜算子·咏于湖居士》《一剪梅·中国人民志愿军入朝抗美五十五周年》，等等。这种亘古不变的家国情怀，在《甲午端阳节》《雁门关》《石硊古渡口》《访县衙门旧址》《郭沫若〈甲申三百年祭〉刊行六十周年有怀》《参观泾县新四军军部旧址二首》等作品中，表现得尤为激越。

更难能可贵的是，诗人作为一名老军人、老干部，

有着一定的地位，有着优渥的生活，却时时关注民生，关注苍生，并常常写入作品中，如《汛期夜雨》《汛堤》《鹧鸪天·随社区访低保户》《渔歌子·铺路砖者》《调笑令·农民工年归》等，无不凸显诗人深沉且激越的家国情怀。

至于一些鞭挞丑恶、怒斥贪官和讽喻时世的作品，数量虽少，但张力很大，军人本色、党员担当跃然纸上。

即便是记录生活琐事、家庭温情，即便已是八十开外高龄老人，作为一名诗人，仍然保持着对诗歌、对生活、对家国的热爱。

“目既往还，心亦吐纳。”刘勰在《文心雕龙》中的这一精辟论述，正是刘永义先生《舒翁吟稿》的真实写照。如果我们放眼古往今来传承下来的一部部诗书，无不充分证明刘勰这一精辟论述。任凭时代如何变迁，风格如何变化，诗人思乡思国思社稷的美学追求从未止步，进而承袭并孕育着中华民族精神的核心要义之一——家国情怀。感谢刘永义先生，让我们通过《舒翁吟稿》近距离感受到诗人们的家国情怀，领悟到诗的真谛。

三

《舒翁吟稿》写莲、用莲处比较多，不妨再对《舒翁吟稿》“莲”意象作个简单解读。

所谓意象，是指客观物象经过创作主体独特的情感活动而创造出来的一种艺术形象。诗的意象是诗的基本元素，是诗的灵魂和本质特征，是理解作者思想和诗作背后文化意蕴的关键。这里所说的诗，是个广义概念。犹如“画龙点睛”一样，诗有诗眼，诗眼用得好，该诗就活了。然而，该诗活成什么样，那还得看这诗眼的眼光、眼力如何。正是在这个意义上，又可以说，意象是诗的眼光和眼力。反观之，对《舒翁吟稿》“莲”意象的解读，将更有利于我们以更深邃的眼光眼力来阅读、鉴赏这本书。

莲，可称莲花，或荷花、菡萏、芙蕖、水旦、水芙蓉、草芙蓉、六月花神、六月春、中国莲等，是中国文人钟爱的意象之一，也是诗文中常见意象之一。越过时空，冲破观念，千百年来，人们或咏之美好，或赞之高洁，或叹之颓败，莲，同梅、兰、松、竹一样，成为中国文人抒写个人怀抱的一种象征。

翻开《舒翁吟稿》，第一眼就能看到两株睡莲：“池水初开午子莲，娇姿临雨更轻妍。污泥不染身尤洁，细数百花她最贤。”诗前有题记：“两月前，于野塘索得睡莲根二截，老伴玉莲将其栽入院内池中，不久新叶出水，今晨雨中花绽，兴至，作七绝一首。”原来诗人老伴名即“玉莲”，不难看出，诗人写莲是夸赞夫人，夸赞夫人是为了铺陈莲意象。其后凡是写到院中睡莲，或写到夫人，我们都能看到诗人那种“真我”的真实表达，正因为有了这种真实的自然状态和真实情感，从而使作品独具真实可信的文学力量，从而真正打动读者。

莲，生于清水，不染尘埃，其高洁的品质，就是我们所追求的廉洁。“已到归根季节，唯留清白泥中。”（《清平乐·残荷》）“待到秋深归隐，惟留净白珠玑。”（《朝中措·咏荷》）在刘永义先生的笔下，莲花不仅仅是一种美丽的花卉，更是一种精神象征。他用莲花的形象，表达了对于廉洁、高尚、纯净的追求和崇尚。他的诗作中，既有“佛送风光生绿烟”的恬静与觉悟，又有“风流雅气压斜阳”的豁达与慷慨，隐隐中还有着“忍向青莲叹晚秋”的惆怅与无奈。读着这样的诗句，我们可以看得出，刘永义先生，正是这样一位以莲为志的诗人，以廉洁自律的老干部。

可见，刘先生诗作最大特点就在于，他能根据不同题材、不同情境，很好地展现创作主体的内心诉求，叙亲情之爱，写亲历之事，审亲见之美，使这些作品最接近于对自己生命本质的真情抒写。诚然，该书也有一些不足之处，撇开诗词格律而言，主要是题材不够广泛、遣词造句不够精准、语境把控能力远不及思维所向要求，但这些并不影响我们愉悦感受那些美丽而充满智慧的诗篇。

写上这些心得，仿佛书海泛舟，回头再通读一遍，突然有个想法：《舒翁吟稿》，似乎更适合作履历，更体现作者精神。由此又想到网络疯传的手游《阴阳师》，式神“书翁”有着超强战力，遍历四海山川，阅尽大千世界，且笔若惊鸿，洋洋洒洒写出万卷天书，让时人获益，让后人获益。尽管此“书翁”非彼“舒翁”，作为睿智老人，又何尝不能一比！故此，可以这么说，舒翁刘永义，亦即书翁刘永义。他的《舒翁吟稿》是一本书，他自己的一生也是一本书。他的诗情孕育于军营，灌溉于图书馆，如今在耄耋之年开出了绚烂的花朵。他和他的家人徜徉在诗意的原野，我相信，作为读者的我们，也能在这片诗意的原野里找到属于自己的那一朵朵芳香。愿书翁刘永义先生今后能给我们带来更多！

以上心得，充为序言，得以共勉，幸甚至哉。

张双柱　癸卯仲秋于江南诗墅

（张双柱，曾任芜湖市人事考试院院长、芜湖诗词学会常务副会长、名誉会长。）

《舒翁吟稿》序并赋

潘保根

刘公永义者，濡须人氏也。欣闻先生诗集《舒翁吟稿》即将面世，并嘱予作文以序之，盛情难却。惶恐之余，唯认真反复拜读先生之诗稿。阅后，除了惊奇即是震撼，可谓获益匪浅也！先生达智明慧，立身宏志，治学严谨。时闻先生注重阅读，读为体悟鉴赏之始，必以透彻而为遵也；后着意写，写为达意之终，必至通顺而为要也。

正如老卡所言，其诗不以技巧取胜，而是以激悟感念为纲，写实为主。文通字顺，韵律优美，读来朗朗上口，令人回味无穷。其表现手法亦简单质朴，以白描为主，至情至性。诗集语言诚实自然，情感真挚动人，既有古典诗词韵味，又不乏现代诗歌之创新精神。偶有隐语，非溯根源而不能感受诗人之家国情怀也。

其诗之魅力还在于诗体多样，各有诗情，或回忆过去，或立足当下，或展望未来；整齐严谨，自由灵动，或律绝，或词曲，五七杂言并举，百花齐放，绚丽多彩。虽以近体为主，也不乏骚体古体之例。佳句警言时出，文情并茂，吾自叹不如也！

《舒翁吟稿》为先生集大成之作，汇其一生阅历，不仅代表先生之艺术成就，也是一部具有深厚思想内涵之文学精品。先生在诗歌创作中融入自己对人生和社会之独到见解，以及对历史、文化之深刻反思。这使得其作品不仅具有艺术价值，更具有思想价值和历史意义。鉴于此，乃不揣浅陋，勉力文以赋之，其辞曰：

至若刘君永义者，号曰舒翁也。无为贤士，有道明公。欲匡时而好学，思报国而从戎。承骚客之风流，多才多艺；秉丈夫之本色，竭智竭忠也。因至诚而入党，为大业而克躬。感物情而诗化，处人事以谦衷。总携肝胆文章，述人生之真谛；也抱书生意气，写世态之愁容也。书山独步，艺苑雕虫。斯文而彰大雅，至理而夺神工。学会领衔，集诗词之遗韵；鸠兹主笔，编军事之豪雄也。

至于君子言行，哲人能耐。使命难忘，初心永在。投之托契知音，报以龙章凤彩。快意纵横于诗会，襟怀毓秀于军营；多情灌溉于馆藏，眼界拓宽于学海也。俄而士类穷工，褒言极态。舒翁许是书翁，风采果然丰采。运筹帷幄之中，持节文章以外。青春无悔，豪情不减曾经；晚节相知，壮志犹添慷慨。于是乎得失从容，沉浮否泰。耽书约于高情，寄吟心于厚爱。搂今吊古，摛词以续风流；对酒当歌，捧日而宣坤载也。

岂止文坛高咏，诗苑大观。丹诚处世，椽笔拓奸。断是非以明确，示形象以光鲜。赋汉唐之大篇章，风情无限；扣时代之主旋律，翰墨自然。砭时弊而讽喻，歌先进而兴叹。叙事言之有物，抒情授之以缘。赤子胸襟，壮红歌之慷慨；精忠气格，忆军旅之流连。无外乎喜怒哀乐，山水田园。每鉴今而怀古，倡反腐而咏莲。哲理服人，启后昆以教化；道心与世，垂先范以师传也。

惟闻治学谨严，遣文流畅。意气纵横，诗风浩荡。承传统而创新，著雄文而流响。以诚为本，循规矩而守真；务实当头，敬贤能而奉仰。以文章感染之力，化艺术风流之状。陈情与读者共鸣，励志同儒生分享。抒人生之感悟，格调雄浑；吟世事之穷通，言辞飒爽。创作推诚，谋篇翻样。绝无病之呻吟，重有情之信仰。字斟句酌，从容提炼而达超然；浅唱低吟，反复打磨而求和昶也。

每见兴衰感慨，家国情怀。铭心刻骨，继往开来。践古贤之忧乐，张诗道之剪裁。急义忧民，情感丰而激越；洁身抱独，性灵智而摹楷。任风云之变幻，厌庸俗之哄抬。历劫火而坚风骨，沐春风而树诗牌。党性担当，斥贪官而鞭丑恶；乡愁流淌，歌廉士而颂和谐。柴米油盐，诗酒朋侪。赋天然而信手，持本色而登台。美学追求，正言谈而端行止；斯民向往，助雅兴而遣愁哀也。嗟呼！君之欣矣，吾所幸哉！精诚所至，金石为开。虽应时而得句，为就地而取材。每绞脑汁而欲成文，斯诚为赋；虽竭丹心而不达意，知礼学乖也。诗曰：

一从傲骨铸丰标，足令诗坛尽折腰。
借问春风何处去，未知秋怨几时销。
丈夫虽欲了残局，世路奈何多断桥。
惟有纵横文字里，等闲莫道梦魂遥。

2024年4月24日夜草

（潘保根，安徽省诗词学会副会长、芜湖诗词学会副会长、无为市诗词协会会长。）

致　谢

《舒翁吟稿》付梓时，承蒙诗词界、楹联界的领导、诗词家、楹联家及诗友发来贺诗贺词及贺联（见本书附录）。诸位对我拙作出版的关心和鼓励，在此谢君之贺，永志不忘！但贺诗贺词贺联有过誉之赞，愧不敢当。拙稿不足处，敬请诸位正之。

刘永义

2024年5月8日

目　录

◇二〇〇五年

◇二〇一一年

◇二〇一二年

◇二〇一四年

◇二〇一六年

◇二〇一七年

◇二〇一八年

◇二〇二〇年

◇二〇二一年

◇二〇二二年

◇二〇二三年

◇附录 诗友贺诗

二〇〇三年

归　途

悠悠世道歇行程，无意经途坎与平。
抖落一身尘土净，清游山水路新晴。

重上烟雨墩

香樟深樾隐红楼，致事重来已白头。
闻得芸香临水远，留声归去入清流。

芜湖长街即兴

立世长街数百年，商家名号海江天。
时人不究古今事，汉瓦秦砖冷月眠。

睡　　莲

两月前，于野塘索得睡莲根二截，老伴玉莲将其栽入院内池中，不久新叶出水，今晨雨中花绽，兴至，作七绝一首。

池水初开午子莲，娇姿临雨更清妍。
污泥不染身尤洁，细数百花她最贤。

闲　　游

经年事毕已无为，清淡光阴慢适宜。
村野逸行犹数步，不知身在度秋时。

逢教师节，赠浦经洲老师

戎装卸下上教台，不倦文心雕栋才。
白发桃园犹秉烛，依然清照晚榆来。

癸未中秋望月

清光临白发，相对两无言。
忽觉寒风起，方知月半天。

移　　居

平安新宅地，花木绕其间。
室贮清风软，窗含绿岭闲。
有闻晨树鸟，还望晚霞山。
临近楼台月，梦中甜语还。

乘车过芜湖首条高速公路

精筑新途气势煌，飞车一线过宣杭。
衢通八达醉乘客，如梦醒来笑也香。

闻杨利伟乘舟飞天

自古飞天神话中，杨君今日跃长空。
千云穿破震冰镜，万里登临亲玉穹。
万众呼声盛世国，一舟览昊卓元功。
恭迎归客寄情语，初上九霄歌圣雄。

斥贪官二则

一　斥贪官

颓风邪起冷人心，吞噬民脂乱世淫。
常取非功登紫殿，贯来怜贾抚瑶琴。
贫居不见官家至，玉阁频迎贵客临。
高坐衙堂盘美梦，后庭花唱满杯斟。

二　贪官悔

银铐凉心泪亦寒，囚中面壁拨沉烟。
初途笃志勤民事，高位移情挎仕权。
法镜悬头无眼视，孔方沾手有情怜。
衣襟湿透悔时晚，冷月临窗难入眠。

芜湖双江口

清晨放眼大江口，兴览楚吴天水收。
脚下双流交汇急，浪中百舸竞争游。
一尊塔顶摇风树，两岸云低仰水楼。
最是鸠兹佳景处，亭台痴坐望翔鸥。

晨雪即兴

推窗喜见雪晴空，山野银妆尘净融。
我欲临身来赏景，儿童笑指白头翁。

冬　至　祭

荒郊冷寂化青烟，相伴妻孥跪墓前。
低首无声三叩拜，泪沾冰土润情缘。

纪念毛泽东主席百年诞辰

乾坤轮转五千年，黎庶江山立为先。
敢取凶顽天地净，换来家国日月圆。
初心奠鼎久存世，圣卷育才常养贤。
此会良辰情不禁，今朝昌盛不忘前。

二〇〇四年

登　赭　山

初阳斜射透层林，池畔梅开香溢侵。
径上薄霜披磴道，岩间轻雾罩衣襟。
岭高极目天低近，水远连云舟隐深。
眼满风光情未了，晚霞不淡续来寻。

怀念岳父逝世二十周年

驱夷笃志舍家行，连阵硝烟忘死生。
转战垦湖先涉足，琢磨更孽领围瀛。
功成染疾身虚位，名就荣章书有声。
大业情缘空袖去，清风留得耳常鸣。

参加市文明建设督察团

白发壮心重伏枥，督程谙达不扬鞭。
惟余薄力书良策，佐理文园掬滴涓。

无　题

时编经典弗工夫，金换词章皆玉珠。
一纸名衔称得意，文坛尽是大“鸿儒”。

观赭山公园荷兰国郁金香花展二首

一

异国花王飞落芜，园师精艺苦心扶。
蕊开五彩浓香泼，沾得余芳入茗壶。

二

东西万里一花牵，情结春芳两地缘。
门户敞开新路阔，友邻亦笑牡丹前。

月　夜

临身明静夜，细数泛星稀。
月照楼盈雪，风吹声沁扉。
江流清影去，树色老枝归。
灯耿栏前暗，霜侵已冷衣。

马塘高新技术开发区

南城山水景多娇，得意春风弄怒潮。
新发梧桐冠叶壮，飞来金凤拥归巢。

读　书　郎

娇娃正是好玩时，却锁寒窗步不移。
晨背洋文眠不足，晚耕彤管眼犹疲。
惟求分数高榜挂，哪顾童心玉泪垂。
无那幼苗遭揠苦，唉声梦里几人知。

午睡（古风）

午枕醒来责鸟鸣，为何断我梦乡行？
好景难归又惆怅，窗前梧叶望无声。

浣溪沙·逢忠鑫战友

相聚庐州兴举觞，醉醒又是话雷塘。枕戈旧日叙来长。　荒岭烟云时已去，孤营甘苦事难忘。别离相看鬓如霜。

为社区学生讲阿英故事而作

乡翁自幼学无虚，成就文豪举世殊。
年少应知勤学意，尊贤方读百家书。

读毛公文明《东来书屋吟草》

八秩无休琢藻辞，堪称军旅一儒师。
郢篇韵致情家国，自在高吟神未疲。

郭沫若《甲申三百年祭》刊行六十周年有怀

理经问古笔深耘，甲申时潮清浊分。
沿道旗麾招万众，入城百姓拥千军。
京都初进功禄斗，楚邑重临圣殿焚。
有恨难回家国路，凄风日落望残云。

登舒天阁

临高一览楚吴开，行看江山多色裁。
城廓放晴千厦远，街衢拥绿百园栽。
横空桥架复车辙，长水舟航向海来。
不尽景华留恋意，闲听赭麓寺钟回。

十六字令·江二首

一

江，万里千湾到故乡。清泉饮，滋润小儿郎。

二

江，曾渡东流未敢忘。沙淘净，闲坐看银光。

赭山夕照

霞光轻抹山林静，枫叶霜涵点点红。
凭立楼台倾眼看，风来慢品味无穷。

暮　秋

残阳山畔落，掩窗眠小楼。
老来多有梦，谁道几时休？

渔歌子·赠老友

甘苦同尝都白头，唠叨语重有何愁。　　心不记，耳无留。相携山水晚晴游。

重读黄叶村先生赠风竹画并怀之

黄叶村头竹一枝，江南风韵独占时。
陋扉残梦归山去，旧轴遗香慢品知。

街头即景

晚风寒入骨，路上少行人。
馔具街边立，凝眸盼食宾。

泉　眼

赭山西麓，新辟记者林，有一泉眼清水入池，即兴。

碧泉挂石起源深，慢入池中声若琴。
日夜常流无倦意，归耕乡土育春林。

浣溪沙·岁末，雪中登山兴作

慢步径阶情正稠，莺歌一路伴清讴。解衣卸帽倚林休。　　披玉江城天一色，载金梅树雪同优。鸠兹光景在峰头。

二〇〇五年

雪霁行

冰封三九地，山色换新生。
雪映头添白，日随衣着明。
晴光涵岭树，淑气溢江城。
风动摇溪柳，犹闻春步声。

市图书馆纪事十首

一　烟雨墩

故人留迹慰今俦，风月陶塘看泛舟。
最是书楼归有识，文华永续著风流。

二　阿英藏书陈列室

一代文豪名远扬，毕生藏籍惠家乡。
有情有恨何人说，湖照冰心白玉光。

注：阿英（1900—1977），原名钱德富，又名钱杏邨，芜湖人。我国现代著名文学家、剧作家、批评家和藏书家。阿英藏书陈列室有其捐赠书一万二千余

册，其中古籍书八千余册。该室于1986年6月建成。

三　洪镕藏书陈列室

三朝衙里不争名，甘入黉园桃李耕。

珍籍倾橱桑梓愿，泥瓮埋骨一身清。

注：洪镕（1877—1968），字铸生，安徽芜湖人。我国教育家、藏书家和爱国民主人士。洪镕藏书陈列室收藏其捐赠珍贵古籍图书一万四千余册。该室于1988年4月建成

四　王莹资料陈列室

艺坛巾帼难多磨，不屈莹躯唱战歌。

魂断香山望故水，湖边幽坐笑吟哦 。

注：王莹（1913—1974），原名喻志华，安徽芜湖人。中国话剧和电影表演艺术家、作家。王莹资料陈列室藏有其图书资料及遗物五百余册（件）。该室于1998年10月建成。

五　四库全书

时祉重修四库书，中华瑰宝世间殊。

踏低门槛心未负，万卷史经归一橱。

注：四库全书，即为《四库全书》、《四库全书存目》和《续修四库全书》三部巨著影印本。

六　读书会

新岁清茶嘉话聊，语流泛起荡胸潮。

向来源水湖墩出，书海遨游先起锚。

七　送书下乡

驱车山路到村头，早聚乡民眼不收。
时进农耕新理读，承扬百业少书愁。

八　参加世图联第62届大会

四海同仁聚紫台，不同话语为书来。
“宣言”共识定良策，大会堂前盛宴开。

九　获“全国文明馆图书”称号

昏晓倾心苦为书，同仁共济获荣殊 。
春风才绿烟墩岸，还待文园遍植株。

十　别烟雨墩

勤理芸窗万卷橱，归来寄寓鬓苍疏。
烟墩樟茂人归去，只带书香入茗壶。

雷塘军营旧事八首

一

四面山环一路通，小溪澄底水无穷。
夜来闻犬几声远，淡静营盘冷月朦。

二

茅棚席地露天餐，夜半风来身背寒。

自造营区新麓景，村人此会细围看。

三

屯田筑路垦荒山，备战操戈不等闲。
劳武双丰新阵立，茂林深壑号声还。

四

家书杳若久萦回，望断千山音不来。
忽见绿邮奔驻地，营门拥破急包开。

五

双抢时节贵如金，出阵援农汗湿襟。
笑语禾田与民乐，清茶盈碗总情深。

六

马达声闻十里村，军民各半席场园。
幕收夜黑寻归路，营外长龙百盏灯。

七

又到冬来岭白时，夜风狂刺入肤肌。
戎装色淡荷戈立，雪乱眉边眼不疲。

八

驻守深山望远天，暑来雪锁自年年。
未愁荒野空静寞，依旧操戈尘起烟。

调笑令·农民工年归

年到，年到，长夜无眠天晓。寒棚暂别还乡，谁不心中笑狂。狂笑，狂笑，囊涩何颜妻小。

山亭独坐

云低残雪晚风寒，落木孤亭相对看。
桑梓情声无觅处，寺钟犹听隔山栏。

初　春　行

雪融酥野土，草露半黄稀。
池畔柳珠秀，崖间梅叶菲。
风尘抹白发，襟袖落清晖。
春闹欲山动，痴望燕子归。

郊游两则

土　　路

迟阳熨暖野康衢，草木沿途绿正腴。
笃爱乡间泥土路，身轻还得足柔酥。

水　　泽

满塘披绿柳丝垂，轻雾随风绕岸移。
正是江南水四泽，好栽五谷润丰时。

怀　　春

春华分半去，留下几多情。
已觉寒衣重，亦知风雨轻。
香浓溢绿野，时好听鸿声。
白首韶光负，新林喜叶生。

忆江南·油菜花

东风染，满野菜花黄。客入深畴身着艳，归来剩有

口中香。慢嚼好时光。

车过无为通江大道

新开大道向云天，又接村村网路连。
自古农家愁出入，如今车抵户门前。

西江月·市文明督察团参观芜湖经济开发区

风拂凤鸣湖水，云浮翠绿龙山。百花林道四回环，更有新楼正建。　　十里厂房崛起，千家业主争先。国魂奇瑞弄潮前，赢得鸠兹名远。

清平乐·开展保持共产党员先进性教育活动有感

赤旗猎猎，染就先驱血。志扫人间妖与孽，擎帜抛颅殉节。　　贤明清净遗风，吹开城野新容。金阙新猷共力，圆梦不忘初衷。

参观泾县新四军军部旧址二首

一

八省健儿云岭集，誓师驱寇震江南。
铁军戈撼山川动，犹听号声回岭酣。

二

玉碑仰望白云生，万里长空日月清。
丕岭硝烟燃铮骨，九千将士哭冤声。

寻　窠　鸟

树倾窠毁鸟惊飞，盲择荒枝各自归。
寒夜风来难御冷，偷身檐下暂凭依。

登赭山一览亭

仰望亭高岭上立，兴来欲赏复登临。
碧波江景依人近，清雾城华向野深。
沐浴晴光垂老眼，吸呼绿气荡轻心。

山湖漫览浓色彩，欣听陶塘鸠凤音。

老　农

翁躬荷汗锄，媪植垅苗株。
儿女事何处，抬头说大都。

遇读书人

娇娃危坐若无邻，书落胸前目入神。
不敢出声回径去，怕惊林畔读书人。

清平乐·交通警察

炎天风断，身立哨台岸。日映警徽多灿烂，千万车梭不乱。　　征衣汗湿何妨，尘蒙焦面如常。偶得清茶一口，转身又上新岗。

苏幕遮·从军记

志从戎，情揽辔。夙愿如来，工友残杯泪，执手难分何日会，挥手频频，忍向天涯地。　　血方刚，磨砺矢。肩负金戈，风雪山川里。素约营盘终不悔。生死如何，不废人生岁。

京官回乡

初职都城身彩多，陪来车拥挤山窝。
农家弟子乡音改，一口京腔悦巧娥。

夏　　日

余情未了野郊游，总把山川入眼收。
兴致归来妻女说，又忘已是鬓霜头。

答　友

镇日闲居顺自然，炎天树下享风鲜。
邀来花木作陪客，静听莺啼倚石眠。

生　日

窗前临镜眼花昏，又见银丝添几根。
无意风催人渐老，经途只恨未留痕。

瞻刘希平先生墓

时为第二十一个教师节，闲步赭山，过刘公墓即作

玉石镌名近百年，风霜曾有几多残。
碑前仰望新丹桂，满树花开向月圆。

芜湖长江大桥钢梁

千锤百炼栋梁成，直向云天独自横。
连接大江承万载，临波落照一身清。

别新民友

倪兄新民从故乡无为来芜就医，诊为肺癌，顿觉身寒，惆望其身，不敢言疾，悲悯之心油然而生！

小小同窗今白头，谁知欢见又悲秋。
忍声含泪望车去，尘没黄昏影未收。

食　　蟹

十指轻拈涎口香，拨开甲背笑腴黄。
食家只品其中味，不道池边风雨凉。

过浮山农家

黄畴稻菽品香酣，又赏青山动翠岚。
高树藏莺声悦耳，农家楼院影清潭。

渔歌子·读书

无事欣翻故纸橱，墨香流肺气和舒。　书为友，识醇儒，聊来情兴不闲孤。

十六字令·归

一

归，不究经途是与非。车方歇，终站不徘徊。

二

归，告别书楼相泪陪。同仁聚，满盏映心扉。

三

归，常驻营盘劳累妻。家情欠，携手补前亏。

四

归，故土村头认旧梅。根犹壮，叶落任风吹。

一剪梅·中国人民志愿军入朝抗美五十五周年

西寇侵邻家国危，令整戎装，鸭绿江驰。雄师直踏万山川，突破千关，折敌搴旗。　　平虏英雄功立奇。卫国天兵，震世名威。丹秋又到寄心怀，犹听豪歌，仰望丰碑。

赭　山　情

欲去山中从莫辞，独钟情景醉人迷。
舒天阁下千舟笛，爱晚亭前百鸟啼。
安坐石台观曲舞，兴围侃友说东西。
夕阳似妒催余去，争忍峰前归不提。

游包公祠二绝

一

香墩重上意如何，仰望青天听浩歌。
高曲千秋声未老，盛时莫误续吟哦。

二

菊黄绕院正中秋，高阁独悬明鉴悠。
潋滟湖光衔白日，凭栏无语看清流。

清平乐·残荷

野塘闲度，黄叶残枝睹。风断清香飘泊处，荒陌堤湾孤渚。 怎忘花绽流红，怀芳万绿相融。已到归根季节，唯留清白泥中。

吴正河馆长邀游巢湖三首

一　凤凰台远眺

巢城饮罢正颜酡，又上凤台望碧波。
举目湖天舟影小，漂来烟里两青螺。

二　登中庙

凤凰台上石栏斜，古寺凌虚依水涯。
清静佛堂烟火绕，门开湖水落云霞。

三　宴别

席上湖鱼上世新，各操风味品原真。
银杯未举情已醉，别后芸窗谢故人。

二〇〇六年

渔家傲·贺九莲塘公园改建竣工

满目新湖分外姣，玉桥碧水花林绕。都是江南光景俏。工匠巧，一园绣画称奇妙。　　笃爱园林除旧貌，今朝圆梦春来早。愿许民生情已晓。功绩耀，心心相印清波照。

读业良兄贺年片

南来贺片带春风，吹暖寒堂瑞气融。
读罢倚窗东岭路，游人声里少乡翁。

卜算子·图书馆迎春座谈会

湖水绕红楼，风染初青柳。又上烟墩故地时，未止书香诱。　　相聚喜同仁，倾盏浓情酒。欢语随心溢满堂，共把娜嬛绣。

丙戌新岁

鸡鸣送岁归，犬跃捧春回。
爆竹聊民意，声先雪里梅。

水调歌头·哭二姐

雪压张桥地，故土步沉寒。小楼溪畔新启，遗像挂堂前。孝帐层层盈壁，白烛泪含冷滴，儿女哭声怜。凝目灵堂里，心碎不容安。　　一生累，人憔悴，了终年。家园正顺，底事长去早归天？江隔东西音少，曾许闲来叙别，今夜话谁圆。风雪又深路，灯下望遗颜。

无　　题

添衣闭户怯春寒，伏案翻书又复还。
凝望西窗临暮日，烟蒙春色隔乡关。

卜算子·访农家

新柳荡柔风，野放初生绿。闻得桃花第一香，村口清明目。　　新宅会村姑，细语赠茶馥。清静书轩遐迩知，网上农家读。

鲥　　鱼

鲥鱼名尚越千年，独誉长江第一鲜。
不识珍肴时已久，何时品味醉川前。

游扬州瘦西湖

一湖三月景无虚，夹岸琼花入眼殊。
骚客扬州梦多少，五亭桥上又新儒。

《钱筱璋电影之路》首发式上怀钱公

烟墩初面识，相坐叙湖春。
一席离乡语，千言归里亲。
影坛领兴业，汗竹著文津。
德艺昭光日，迎书不见人。

访芜湖县衙门旧址

欲览衙门穿巷来，残垣阶石满青苔。
尘间冷落人无识，几朵野花墙角开。

西安行八首

一　西安明城墙

秦城入目仰明珠，古色风光今日殊。
一览遗唐金阙景，登高更看绘新都。

二　兵马俑

兵阵恢宏绝世奇，千秋深锁一雄师。
军家胆略古来几，尤是秦皇先领时。

三　骊山贵妃池

佳人入浴露娇狂，天下风情第一扬。
唱彻三更宸殿月，马嵬泪尽断流芳。

四　秦陵地宫

求得长生终未来，冥间臆筑卧仙台。
陵高千尺万民血，短命江山在此哀。

五　大雁塔

仰望浮图入碧霄，关中装点说前朝。
慈恩落雁佳气合，一曲升平云外骄。

六　登华山

戳破青天莹石斜，清风漫岳动轻纱。
情牵偏览危峰景，白发融云笑玉华。

七　灞桥

桥畔泪痕由古多，残杯折柳意如何。
西楼殿上升平乐，风冷潼关唱骊歌。

八　咸阳城怀古

一时气贯霸苍穹，立马秦城笑火红。

鞭落乌江姬泪别，方知无面过江东。

忆　梦

田野恣行花木娇，蓝天绿地出沉寥。
陋庐清净绕溪水，茂圃浓香挂李桃。
坐石临山幽竹静，举杯邻里故乡聊。
醒来痴笑梦甜事，未枉农家住一朝。

锦缠道·工棚夜思

断了风丝，踱步扇摇溪口。望星空、远穹明透，月来光染疏霜柳。倦眼昏昏，但愿酣眠有。　恨琼楼放歌，梦乡难就。漏光窗、骨肥肌瘦。那山边、依旧茅庐，倚枕孤灯灭，月照清衾守。

双调江城子·寻芜湖长街科学图书社旧址

行寻故地已无痕。市街容，贾家门。问来几许，相答未曾闻。往事悠悠谁作记。今日辈，梦新春。　小楼书阁聚贤仁。敞丹心，扭乾坤。大猷此定，躯献唤黎民。残照长街归旧路，抬老眼，仰星云。

红军长征胜利七十周年

赣南收阵哭无声，遵义挽澜重振营。
历尽人间千万苦，泪流会昌说贤英。

秋　　兴

金风轻露渐时寒，淅沥梧桐叶已阑。
残鬓端居身尚静，劳心归处事方安。
莫辞溪畔柳林道，且向云间梅萼峦。
岁晚无情情自著，清穹遥望玉圆盘。

望　　雁.

萧瑟秋风吹宇明，闲来又听雁南声。
秋心寄托为奴带，送到郎家说别情。

偕聂长玉、高德旺二兄游马仁山

独怜山水喜同游，敢上峰崖步未愁。
一足三县天地阔，山河放眼尽情收。

青阳城即事三首

一　芙蓉镇

江南古镇四山中，一水穿城柳岸风。
三十年前戎事过，重来无复旧时同。

二　登龙山

龙山脉向九华莲，佛送风光生绿烟。
静谧城池花满树，芙蓉阁上仰蓝天。

三　青通河

水自九华甘露泉，东流远野润桑田。
莺啼两岸柳阴里，水隔尘埃落月圆。

喜闻外孙沈子然入党即兴二首

一

青阳闻讯速归芜，即览人生神圣书。
把酒面酡忘醉意，悠悠梦里仍倾壶。

二

学海千寻登绿洲，少年志愤敢争游。
初舟先发征程远，稳舵中流搏浪头。

采桑子·江水

平生钟爱长江水，不息奔腾。浼浼流清，润得城乡万物生。　岸边轻抚东流去，倾听涛声。风起银波，目注沙鸥向远鸣。

石硊古渡口

镇头渡口水悠悠，南北交通唯系舟。
落叶石阶深旧迹，新痕并作古今愁。

二〇〇七年

元 旦 夜

城廓霓虹满，钟惊初夜人。
星空乃固旧，岁月又翻新。
物阜千家业，民和四海春。
凭栏远望处，好景在清晨。

扬州慢·忆烟雨墩小照

二十年前，解甲首日赴职，曾留小照于烟雨墩桥头。今重来，心潮起伏，感受颇多。

身换戎装，左迁芸署，倚桥小照中年。伴缥缃读客，度墩上炎寒。昔初上、红尘已淡，往来无意，闲谧亭间。有笙歌、环绕红楼，未识琴弦。　读声拥岸，震湖波、流入心田。奈转道途生，先生有众，修学新篇。书阁敞扉香出，倾城溢、赞誉临轩。望陶塘、霜里涟漪，身影沉渊。

社区召开曾获荣誉奖的离退休党员座谈会

赋职时迁鬓已稀，荣章过眼仍生辉。
归来事冷问人少，相聚堂前话敞扉。

春节偕玉莲访老友宋成一夫妇

瓶封未启国茅台，廿七年前黔地来。
香绕堂梁殊味绝，一樽明澈晚晴开。

赭山知归亭

小坐亭边临水涯，春风吹裂碧桃花。
芳菲莫遣随流去，知有归来不兴嗟。

卜算子·咏于湖居士

皇殿状元冠，胸蕴经纶卷。更有豪情唱壮歌，声撼建康宴。　　舟上念经年，冷泪冰壶溅。千载陶塘润后人，冷落老山苑。

注：张孝祥墓在南京浦口老山。

城郊晚步

横塘水碧月如银，宜适风来催物新。
立足欲听蛙唱曲，寒天不恤鬓霜人。

林　　中

有爱林中坐，绿风陪我心。
莫嫌人静处，百鸟与同吟。

访无为米公祠三首

一　宝晋斋碑帖

蒐集书家铭帖收，墨残迹淡仍风流。
斋前夫子绵绵至，不逮先贤半字愁。

二　拜石

风雨千年石冷孤，时从君去断痴夫。
睁眸细琢岁痕迹，犹透晶莹皆玉珠。

三　墨池

池畔芸窗正笔耕，怒投墨砚断蛙声。
相融两静不妨事，直到如今无一鸣。

采桑子·回无为城

眼前不识旧时路，几问还愁。城廓高楼，溢向四门望未收。　　秀溪园里笙歌起，“倒七”风流。注目痴游，万盏霓花靓古州。

注：庐剧别称倒七戏。

韶山滴水洞

深谷烟蒙绿树环，碧湖源自数重山。
开流已润南北地，依旧清泉月照还。

游张家界四首

一　黄石寨

策杖登高仰寨行，径回峰转又新程。
临台欣览群山碧，好在云中分浊清。

二　金鞭溪

谷深水碧径回悠，林茂峰奇百鸟啾。
誉有诗文铭万首，未能吟尽一溪愁。

三　天桥

冒雨登桥脚下虚，眼前迷雾冷身孤。
洪炉始辟留通路，云水茫茫渡老夫。

四　天子山遇雨

雨打悬崖风揭尘，搂松不敢半移身。
苍烟一片峰不见，慰客犹依天子臣。

注：天子山立有贺龙元帅雕塑。

忆江南·逸兴

清水净，红绿绣湖边。琴拳凝神忘岁事，晨风沁肺纳云天。添得好时颜。

镜湖闲步

柳摇湖岸百英生，步月桥环楼榭明。
往日匆匆堤上过，归来何说旧时行。

菩萨蛮·繁昌峨桥

漳河柳暗烟波翠，桥横路阔群楼丽。旧地别依稀，营盘望昔非。　　茶香临百铺，茗市占雄踞。漫步满街门，眼前无故人。

广 场 舞

翠竹幽亭碧水边，琴歌悠荡舞蹁跹。
鬓秋换得青春色，共与星光北斗圆。

登板子矶二首

一 板子矶

径残苔滑草漫深，残塔鸟栖江水临。
浪拍苍岩风带雨，碧烟会向白云沉。

二 渡江战役第一船登陆地

一片茫茫天地流，烽烟滚滚酣战遒。
千帆首棹江南岸，帝里城头旧帜收。

夏夜纳凉

倚椅斜身披薄襟，海棠露重已更深。
粗茶细品无穷味，更有月光杯里斟。

怀 先 父

流急江宽望夜台，拜山少及总胸怀。
荒田勤力寒暑苦，茅屋贫厨日月哀。
常岁艰辛身已许，晚年疾惫子无陪。
梦魂情绕窗前月，听取言教入耳来。

卖 瓜 人

身披晨露疾车来，城角街旁叫卖开。
已是日斜销未半，抚瓜汗滴叹声哀。

游陶辛水韵二则

一 荷塘

舟入碧荷深，清波平棹临。
娇莲含笑语，绿里俏姑吟。

二 香湖岛

独怜幽岛绿风流，花木阴阴听鸟啾。
四面荷香游客醉，农家肴馔更清尤。

瞻雨花台烈士纪念碑

援阶逐步仰英豪，长卧忠魂气贯霄。
四野烽烟燃铮骨，一山松柏祭天骄。
江环城廓群楼艳，风绕秦淮孤岭萧。
欲拾群峰雨花石，漫镶碑岸伴闲聊。

江城子·弋矶山医院探大姐病

共望江天有几回？倚亭台，语千怀。半世东西，水隔少声陪。鬓着秋风斜日冷，襟领掖，莫多来。

蝶恋花·重游东内街

兴致古街情又起，深巷低楼，犹是原滋味。昔日营盘门半闭，红楼颜褪留思意。　　回看凭栏相恋倚，缘结初情，又别双心泪。风雨天涯霜鬓赐，此生消得相携地。

晨　　练

身着初光披玉露，无边山水入秋清。
园中举步弹尘起，林畔破霜惊鸟鸣。
曲折径崖舒骨健，逶迤太极应心宁。
人前慕客桃花面，归后朱颜吾亦生。

二〇〇八年

桃花潭，次李白《赠汪伦》韵

衔命移师别此行，桃潭岸断踏歌声。
今来昏眼水闲看，掬起清波品旧情。

参加敬亭山诗词学会第五届代表大会

敬亭瑞雪兆宣州，盛会融和话运筹。
豪放诗山垂史册，抒怀骚客谱新猷。
吟坛硕果众家力，韵籍藻辞遍地讴。
国粹承扬欣雅集，尽情泼墨好时酬。

咏　雪　人

竹苑玉人立，寒风吹更坚。
冰心迎日出，细细润山川。

官　笔

兴致悠然深碧宫，玉杯熏得面春风。
娇情俏语秋波送，落笔生花笺不空。

读老年大学

闲叟余生学少年，黉窗危坐听诗篇。
目昏依镜常常读，校远闻钟慢慢前。
有道练身除体疾，更怜耕笔养心田。
夕阳不怨为时晚，胸次新吟了旧缘。

凤鸣湖

临桥春暖凤湖开，遥望龙山送绿来。
翁钓清波闲岸坐，欣迎南雁碧天回。

清明祭业源兄

持策分荆乱石间，羊山不胜暮春寒。
深苔碑着风雨剥，长草茔缘岁月抟。
恨至长眠人不语，愁来寻梦影无看。
低头声咽归途去，相隔黄泉冷泪弹。

敬亭山诗词学会芜湖会员雅集烟雨墩，兴得律句

正是陶塘飞绿烟，诗缘兴会旧堂前。
聚来求索骚坛乐，相与交流佳品怜。
应共春风驱冷室，随同吟友侃霜年。
芸窗月色逍遥处，兴染酡颜好梦圆。

游敬亭山二首

一　登山

频年意向敬亭山，岭壑吟声诱我还。
寻径闻莺青竹引，回眸已在白云间。

二　独坐楼

举目清明赏翠微，白云随意岭头依。
昭亭遥望翠螺岳，独坐楼前众鸟归。

思　华　儿

小来离膝最时长，望断龙山落冷阳。
又到清空圆月静，凭栏无语沐风凉。

鲁港望江

万里西流浪北挥，梁山冲缺水东飞。
闲听江上千舟曲，最是笛声瀛外归。

闲居，次韵清黄钺《遣闷》

归处端居小事兼，欲驱寂寞出门帘。
学诗访友图时乐，买菜配餐尝食甜。
公益宜身余力付，陌郊放足带泥黏。
销磨闲日情犹在，岁晏舒翁愁不添。

怜　樱　桃

培土施肥苦，修枝抚叶工。
青香浓院里，红果茂盆中。
剩欲秋来满，谁知鸟及空。
劬劳东付水，检视泪流蒙。

赠马仁山百树园主陈运生先生

文苑相来已旧年，心轻宦海有情缘。
老来不曰炎凉岁，慢理山溪百树园。

悼浦经州先生

赭岭云低垂地阴，校园黯默冷哀音。
门生耆友无声语，故邑诗坛失主吟。
投笔从戎圆宿志，挑灯绛帐照桃林。
青山埋玉苍天惜，举盏灵前含泪斟。

寄维华兄

一纸江南五十秋，经年只写几多愁。
久离故土乡音在，唯见青丝变白头。

别马钢五十年杂纪四首

一　入城

初出农门孤遽惶，随人召唤渡长江。
入城不识东西路，蓆地星空望故乡。

二　焦厂

力薄身轻担压肩，血凝衣领苦如煎。
“卫星”昼夜争先放，忘却饥寒卧地眠。

三　学徒

徒工半载出师门，尽把殷勤付晓昏。
肩负班头无逊色，旌旗耿耿汗留痕。

四　入党

农家小子志无哀，融入钢炉情笃来。
旗下誓言终不悔，赤心见底敞胸开。

访繁阳军营旧址

重至繁城日已低，营盘久别辨端倪。
旧楼破壁掩门冷，古井断泉从草萋。
为问近邻寻往事，方知故友作归西。
回头不觉眼边湿，举目松荫孤鸟啼。

离亭燕·重上五华山

幽壑茂林光漏，丹桂送香心透。碧涧鸟声回树远，绿掩红楼村秀。古寺又新烟，轻绕五峰溪口。　　四十年前回首，曾向岭头哨守。境僻不知何处路，径乱岩危苔厚。今日重登来，大道新通林岫。

访南陵寨山

幽意寻来寨脚村，碧山高去绝崖云。
州官勒石谪仙墨，史志明言流寓君。
檐下黄鸡啄黍粒，路边童子唱诗文。

千年遗迹成追忆，李白吟声黎庶闻。

搜录芜湖历代诗词即兴二首

一

未移书阁度年愚，百代诗家会老夫。
开卷寻来情不住，深藏乡韵拾巩珠。

二

诗家扶笔聚精神，章句雕文皆是珍。
翰墨留痕芸阁里，出来便看韵流春。

随市文明建设督察团参与芜湖市直机关年终考核检查有感

雪压疏枝冰覆尘，随行慢步不辞辛。
案头牍拥千般事，座上心牵万众民。
有盼吏官识廉耻，亦望里庶晓风淳。
愚夫岁暮非多议，惟愿今君胜故人。

二〇〇九年

风入松·泾县茂林咏怀

深林风雪卷旗残，将士越山川。移师东进驱夷急，道逶迤，险岭冰缘。忽报前营枪烈，友军复釜相煎。

四方重垒阻关山，烽火更狂燃。九千儿女挥戈恨，弹粮绝，血染荒峦。深壑寒原魂断，青燐月照齐天。

除夕芜杭高速道中

飞车风振耳，逸兴向钱塘。
爆竹声连户，福联红满堂。
云天暮日色，岁酒野村香。
一路品年味，客行先尽尝。

减字木兰花·杭州除夕夜

漫城灯火，花绽夜空千万朵。西子歌宵，灵隐钟声飞野遥。　　行年暮旅，喜得嘉期心悦许。情暖寒堂，梅绽紫金文苑芳。

元宵夜江岸行

和风舟笛飘过远，岸泊船灯耿火悠。
俯看清波碎月影，眺望白浪拍沙洲。
春归江岸华光溢，人拥滨园声色稠。
不尽飞花空上艳，歌吟振水不东流。

湖畔别墅

目睹琼楼别样华，烟波绿树掩人家。
春风若有送春意，请到蓬庐也剪花。

春　钓

陌翠玉珠撒，黄花蜂蝶来。
竿纶垂碧水，草帽掩晴台。
埂绿人闲坐，枝青鸟静陪。
一身野香味，满篓晚阳回。

足　疾

郊外顽砂折足伤，起居半步困扶墙。
药浓针利身肤苦，食淡茶辛胃口凉。
日落窗檐愁月影，笔移案畔叹笺苍。
暮年不意依筇拙，蹇滞犹怀踏陌桑。

乌江怀古

擎天拔地力千钧，却剩残锋还自身。
泪望江东孤马立，激流涌岸断舟人。

游南陵丫山

谁把丫山一斧开，横空石露白云来。
峰头回首霁光处，朵朵丹花岩上栽。

偶　　题

陶塘柳绿百花红，亭榭楼台入画中。
撩乱景光闲日看，昔时人在却朦胧。

登　　山

援径观千石，空山披绿茵。
路回掩来景，峰转又开身。
云带天公语，烟垂黎庶春。
摇情清静处，一笑望浮尘。

鲁港怀古

江上挥戈浪沸烟，英豪御敌鲁河前。
奋身士卒战声疾，逃棹权相卷帜搴。
跃马戍疆依将力，安民治国赖臣贤。
史来多少忠奸事，兴败由人岂在天。

蝶恋花·哭维华兄

病榻一辞心已碎。待我重来，悲望人长睡。暮色沉沉风抹泪，月朦桑陌思难寐。　　小少茫途扶与诲。背井江南，更怜茱萸贵。收拾故情书作祭，青烟冷落黄昏里。

阅芜湖市图书馆史料

文澜掀起驾新舟，书海高帆搏浪头。
渡得儒生彼岸富，回看苍棹烙痕悠。

渔歌子·乡游

秋色清朗不作妆，村边生景胜春光。枫叶赤，菊花黄，行来墟里一身香。

访芜湖荆山

名山闻世久，吟韵诵其多。
胜迹无寻处，回途吟旧歌。

参观新四军官陡门之战展览室

挥师夜黑破冰原，忽降天兵敌断魂。
奇袭只凭时一刻，回戈星笑粟将军。

参观动漫画展

见谓新兴动漫奇，看花雾里半情痴。
恨来眼老难知识，则喜少年逢好时。

桂　花　树

秋侵香散尽，叶落自无声。
晓露残枝滴，暝霞断鸟鸣。
风来身独御，日去月孤迎。
莫说浓馨荟，花泥陪作耕。

读　史

时平时乱入青篇，记以兴亡各自圆。
开卷文图难省识，几人直笔写当年。

苏幕遮·编《芜湖军事风云》诗词歌谣篇

立吴头，居楚尾。要塞芜湖，多少硝烟沸。千里山川争夺地。无谓戈休，更是烽狂醉。　　觅诗篇，遗迹祭。残垒荒关，犹见冤魂泪。评说兴亡谁为罪。汗竹吟声，总把英雄慰。

二〇一〇年

迎 春 花

敢亮青枝花绽妍，迎春不惧饮寒天。
孤芳竞雪偏占色，愿许荒园百卉前。

归自谣·劝学

书读苦，自有悬梁针刺股。红尘纷乱寒窗阻。凡今大任文凭取。时光疾，晨来暮去惊人数。

捣练子·雪霁

山野静，眼前空，遍地清光初绿融。洗净尘埃赠我看，迎来素雪照冰胸。

新 春 别

月圆又月缺，春雨又冬雪。
夫君远打工，只盼临春节。
八千八百时，能有几时悦。
拥衾暖才还，含泪枕边别。
小儿抱膝望，二老扶墙趔。
回首壁寒寒，入耳声切切。
北风野陌嚣，千语与谁说。
车过印新痕，复是旧年辙。
隔山断飞尘，惟有风声咽。

留守儿童

犹有爹娘疑似无，昏蒙灯下守茅庐。
梦惊哭喊无人应，两颊桃腮挂泪珠。

观　棋

将卒纵横尺井田，乾坤争夺起硝烟。
眉峰紧锁运筹计，妙手奇开决胜篇。
鏖战千乘雷动地，争雄万戟血飞天。
闲人无语如痴立，冷眼相看楚汉前。

免　田　赋

农家重赋四时中，尽数朝朝一脉同。
苛税横征穷匹庶，民财聚敛富皇宫。
元猷旧历千年破，一纸新规万户丰。
自有苍天甘露降，得来春雨又春风。

应巫俊钦校长之邀，与孙文光教授游老梁山庄二首

一　沿途

一路青烟绕眼回，江乡正是菜花开。
好时便得千畴绿，光景撩人何晚来。

二　老梁山庄

翠岭百花溪水闲，琼楼亭阁着其间。
与时擘画新原景，湫宕农家先绿山。

淡黄柳·清明祭昌友叔

荒原乱草，云暗遮春色。凝望茔前碑冷立。泪落和烟叩首，游子归来欲多述。　算时日，离年已三十。问声叔，可安逸。念当年护犊含辛戚。往事悲伤，别离难孝，遗恨江南水北。

雨　中　行

雨气蒙山岭，风吹西又东。
清流抹径石，新水会莲蓬。
叶没林间鸟，声来伞下翁。
擦肩相一笑，皆是老痴童。

行香子·望芜湖江潮

淫雨绵绵，水泛堤边。汀洲没、林柳湮端。茫茫江际，烟锁梁山。更楚流下，吴流阻，皖流漫。　当年追忆，情怯重缘。望禾畴、一片深渊。流民千万，背井乡关。又撞心浪，揪心雨，刺心田。

芜湖九莲塘老年活动中心

桥横绿水湾，荫被黛甍颜。
斜日清风里，鬓华人未闲。

社区组织老党员外出参观

伏枥途穷方卸鞍，身轻客少冷门闲。
有缘相结新老友，一路观光笑又还。

送受球夫妇归新疆

客自广陵初次来，晴空忽雨洗炎台。
日长有梦人难见，身老抒情眉笑开。
乡土别离常作忆，故人寥落总伤哀。
车前执手忍含泪，相望秋霜鬓上堆。

庆生自题

昨日忧荣忘却空，今朝山水好乘风。
明辰莫问如何度，月照酣眠到晓红。

满江红·芜湖抒怀

名邑千秋，争道是、珠光熠熠。回望处、物华天宝，楚城遗迹。扬子江头鸠起舞，天门山畔诗奔瀑。更声喧、十里古长街，商如织。　　思往昔，情难抑；新世纪，春长拂。算经营擘画，凌云健笔。满眼生辉奇瑞志，荡胸亮彩文华色。趁皖江、八百里狂涛，潮头立。

乡间秋兴三首

一　秋山

黄绿相间又点红，白云漏碧走青峰。
分明一幅锦屏画，天地悬垂入眼中。

二　秋水

水波不动映天光，隔断红尘着玉妆。
明鉴晴和相待看，俯身忆起小时尝。

三　秋田

平畴景向接山尖，野陌纵横金色添。
细数稼禾痴望处，尽尝稻泽送来甜。

村头见闻

鸡闲丛树里，桥静少人行。
畴拥黄金色，楼传把盏声。

咏　周　瑜

风流一世文武子，孺妇稔知遥仰看。
帅帐情怀融手足，心胸雅量纳江峦。
出师喋血东吴热，立马挥军北魏寒。
天不容身人早去，庐江归宿月明冠。

读隋家驷先生夫妇《家庭年刊》

诗坛伉俪竞吟歌，联袂罗珠细切磋。
韵里清声家国事，笔中丽句古今科。
苍天不老人易老，世道难磨自琢磨。
向晚小斟情逸意，后生可解醉颜酡。

望湖中山影

秋日平湖风亦闲，清波悠影见青山。
沉浮深浅与谁说，自落雄姿云水间。

村野遐想

茅屋三间四面桑，二分菜圃一荷塘。
携筇陌上踏朝露，亲水竿头钓夕阳。
喜聚芳邻尘世叙，兴来清院酒肴尝。
山明凭得风净地，归去安然冥界乡。

二〇一一年

踏莎行·元旦日登舒天阁眺望芜湖城

日露群山，雾消千野。放晓江城新如画。鸠冠珠熠散成绮，留春园里清风雅。　　好景幽情，良辰佳话，宏猷凌笔云千厦。晴空连水望天门，江东胜地靓华夏。

夜　归　人

夜深人未静，霓照白天明。
身倦殷勤尽，寒庐盼梦成。

落　　梅

疏香淡去自清贫，懒看群芳争艳新。
不识闲枝曾斗雪，荒园寒肃谁报春？

读季公汉章《砚海初探》

海拾遗珠百砚收，辛酸守玉到霜头。
乡君不识墨香壁，忍向青莲叹晚秋。

渔歌子·春行

碧草萋萋横路依，露浇桑陌撒珠辉。梅骨瘦，柳枝肥，春花一路带香飞。

访城南十里村

友邀新宅忆从前，遥望野间生碧烟。
风动红蕖香溢岸，地铺金谷色连天。
清塘鱼跃白云散，绿树房环黄鸟穿。
昨日景情犹在目，膏畴换了百楼妍。

中国共产党成立九十周年感怀

谋猷济国起南湖，华夏倾危铁臂扶。
百难黎民渊底救，九州庆父孽根除。
更新鼎踞建金阙，革故疆开出海衢。
一路走来闻胜迹，满园春色又丕图。

游芜湖县东湖公园

应芜湖县诗词学会之邀，与芜湖诗词学会诸公同游。

荒溪旧景已无猜，锦画圆成玉剪裁。
碧水穿桥浮绿渚，红花铺岸缀青台。
楼亭涵雾翠篁里，寺塔凌云紫气来。
遥望春潮连碧色，古今风月一湖开。

谒中山陵

高台肃穆碧云天，紫殿魂归傍绿眠。
夙愿神州图共日，钟山隔海望虹圆。

游三河镇二首

一

皖中古镇属三河，黛瓦楼台巧艺多。
商号文华镌古韵，游人闻得兴咏哦。

二

名人故里向来多，风虎云龙悲与歌。
世事枯荣留旧影，三河碧水各分波。

月　夜

清空星际远，月近似相邻。
不与姮姑叙，楼台思故人。

泛舟太平湖

湖清流远去，碧水入山窝。
浮罟鱼翻浪，游舟客戏波。
太平城作古，松竹岭栽禾。

桑海人工力，开源泽万河。

偕玉莲登黄山光明顶

拾径攀岩身谨躬，云旁移足浴天风。
扶节绝顶尝清气，坐石齐天看碧松。
自古神家仙境里，而今凡客紫宫中。
相栖安享清明处，阵阵浮岚白发融。

咏　扇

蒲扇轻摇风自来，丝丝凉意沁胸怀。
不因秋白忘情意，留有人间清气回。

忆童年夏夜

灭灯离草屋，床凳占场基。
仰首天星数，捧瓶萤火追。
相依听鬼事，离去背门楣。
身露窗前月，蚊叮梦不知。

林 中 翁

绿阴两树连绳网，兴致悠悠卧老翁。
顺手清茶芳味重，随身乐曲悦心松。
不闻山外闹尘事，只道林中静帐篷。
秋色恼人无限好，黄昏得意看枫红。

与宣城诗友泛舟宁国青龙湾

登舟明镜里，满眼景先收。
云落层山静，水穿深谷幽。
青螺藏翠鸟，枫叶染红秋。
道别频回首，何时相复游？

老年乘车卡

一张绿片晓真情，自便随心城廓行。
别有声情安慰坐，身临车暖鬓霜轻。

瞻赭山公园毛泽东主席塑像

丈夫茅屋出，匡世为人师。
灯下书千卷，掌中毫一支。
挥旌万敌破，立国亿民滋。
目注松高处，齐云从不低。

二〇一二年

闻沈卫星医师为九十九岁老媪作股骨骨折手术成功，芜湖电视台专访

悲咤风寒暮岁侵，遽然蹉跌苦呻吟。
悬刀施术心神付，信步还乡话杏林。

春节战友会

离戎兴聚首，昔日结情缘。
执手相逢笑，含情作别牵。
青云回宇远，白发入眸前。
剩有黄昏日，开怀抱晓天。

陶塘观泛舟

明镜迎春日，双湖碧水回。
欢声戏浪去，泼水逐情来。
棹挑扬珠子，舟穿过渚台。
清闲坐岸客，无奈夕阳催。

江城子·立芜湖八号码头旧址

白鸥颉颃戏江风。雾低蒙，水云空。舟飞涛涌，银雪起千峰。浪拍堤边旋又去，沙涤净，岸新容。　　漫寻旧迹已无踪。望楼嵩，看歌宫，如来幽梦，寄我遐思浓。三十年来光景换，惟勿忘，海关钟。

陋　　巷

曲巷灯光暗，窗台漏月微。
霓虹歌舞远，屏出静寒扉。

闲趣四首

一

风摇帘牖梦醒来，已是朝暾到露台。
闲步悠悠筋骨运，犹听山畔鸟喉开。

二

露台点缀百盆花，红绿相间着晚霞。
培土修枝甘苦趣，笑看老伴一身沙。

三

天光正好读闲书，嚼味吞香如饮醐。
看后忘前意无悔，时人话说老翁愚。

四

清茶绿雾带香临，慢品甘泉图润心。
粗细相融皆入口，不忘片片出深林。

惊蛰

一雷声震力千钧，万物惊醒争闹春。
莫笑燕来无咏句，眼前嫩绿韵歌新。

春　　兴

柔阳先着柳，碧水带烟蒙。
雨润千山绿，桃含万树红。
沿溪数白石，坐壑享清风。
胜日芬芳味，品来酣醉中。

淡黄柳·与孙文光教授游神山雕塑公园

初来伫望，临眼皆浓碧。昔日荒丘今不识。绘饰城东彩画，都把山湖染春色。　　玉光熠，名师琢情石。出神韵、蕴魂魄。赞名家逸品中江立。踱步留连，尽游园乐，忘却衣襟雨浥。

观老年歌舞表演即兴

腔音不究尽歌喉，舞动身腰在自优。
谁说戏台归风客，民间华发亦风流。

游杭州宝石山三首

一　初阳台

绝岭丹台立，风吹绿草闲。
葛仙留胜迹，空自望湖山。

二　保俶塔

汗滴林荫道，浮图欲早闻。
从来崇古意，赏旧向殷勤。

三　黄龙洞

昔游无兴意，含泪伴兄依。
时景方如故，而今谁与归。

杭州余杭塘畔漫步

夹岸林花闹，鸟歌相伴游。
一河新碧水，满客古兰舟。
风静黄昏树，云停时尚楼。
归来临皓月，身影入清流。

端午节怀屈子

每逢此日望湘沅，默默沉吟吊屈原。
玉粽投江天地泪，诗坛诵赋楚词魂。
宸昏厢暗失梁栋，国破家亡断祖根。
净骨埋轮川逝去，归程还向郢都门。

念奴娇·瞻杭州岳飞祠

葆祠净地，仰英名归宿，宇明台白。“还我江山”悬耀眼，犹听铿然雷霹。壮士横戈，旗开百战，一扫胡倭孽。“两言”警世，赤诚心照社稷。　　銮舆南渡偏安，不论勾践，半壁残疆逸。闻道长淮驱虏激，十二金牌烽息。三字深冤，军民同哭，忠骨风波折。哀歌千载，几时音断琴瑟。

注：“还我江山”匾文，为岳飞手书。

“两言”为岳飞提出的“文臣不爱钱，武臣不惜死”。

山水兴游

天开千岳境，地凿万河泉。
绿岭享云景，兰舟游泽烟。
归来山水韵，闻及古今篇。
闲为尘间客，何因淡晚年。

跃东、正香为予庆生举宴

炎天宴席丽春明，肴馔晶樽满寄情。
岁到暮年时已淡，酡然心悦在杭城。

离亭燕·登六和塔

孤立临涯空架，东海水来岩挂。纵目晴寥云际碧，翠叠群峦潇洒。白浪涌钱塘，夹岸绿涵千厦。　　自古临安如画，独领风骚华夏。指点江南形胜地，旧韵今朝风雅。登至令长吟，笑接海鸥迎迓。

游醉翁亭

琅琊山水晋时功，更有醉翁芳迹融。
亭洁日边傲骨气，泉清林畔沐民风。
结庐冷笔篁山里，谪客冰心杯影中。
未失高流闻世外，五湖漂落却身空。

万春圩漫成

万春圩里万粮仓，千载穰田济岁荒。
何处禾香溪绿水，楼盘矗立换农桑。

做鸡笼

小小鸡笼两日成，长裁短接苦经营。
邀来老伴作评说，边掸身尘边赞声。

虞美人·市文明建设督察团议事堂作

仕途岁晏方休轲，闲客身无荷。有缘相聚督程来，余力勤浇文苑为花开。　　初心重践文明路，不惧龙钟步。尔言我语计从真，快语心声留与夕阳春。

二〇一三年

观话剧《立秋》

桐叶秋风摘，霜涵大宅门。
庭昏叹市静，街冷断人喧。
奠立银行府，销摧票号园。
不知尘世理，图有梦中魂。

癸巳岁人日

丽日和风暖带寒，南窗倚椅享清安。
故朋淡淡情犹在，老骨凄凄神未残。
何苦何荣由自晓，怎生怎死顺天抟。
纵然人易烟带去，何必伤心到盖棺。

南乡子·会友

寒日拥东窗，杯满清茶正溢香。话别唠叨停不住，长长。五十春秋各一方。　　已是满头霜，破格开怀饮尽觞。剩有余生能几醉，狂狂。莫问窗前落夕阳。

小亭春览

亭掩余寒柳叶新，红梅引路入松筠。
谁家燕子忙来去，寻觅新巢忘旧邻。

春讯三则

一　春风

唤醒坡上草，剪出柳梢花。
愿许还天下，吹春到万家。

二　春雨

林叶流珠碧，烟岚挂岭头。
潇潇花木洗，细细润千畴。

三　春雷

惊起沉眠蛰，炸开冰窟天。
破云晴宇露，声在九州宣。

苋　菜

春润满园苋菜肥，清香入口几回归。
至今犹记红颜色，只是儿时填腹饥。

怀焦裕禄

纡回踪迹印尘临，留在黄淮日复深。
沙野焦桐望绿远，谁知心血滴成林。

市间杂咏五首

一　交通岗

彩绥佩身眼聚神，指挥路口万人行。
千言难写义工志，只看尘中一哨兵。

二　环卫工

奉帚街衢忙夕朝，清汙撒汗许城娇。
无名无位终不悔，有乐有情相笑聊。

三　保安

日守四门眸透明，夜巡千户足轻声。
常随风雨知寒暑，换得家园享静宁。

四　修鞋匠

巷口风头三尺台，神凝手巧细缝来。
旧修新用承古训，恭俭勤行事不衰。

五　洗碗工

凝渍碗盘堆眼前，埋头洗涤累腰肩。
得来几币油香味，调剂盘餐添口鲜。

声声慢·空巢老人

临窗举目，不尽高楼，收身惫懑欲歇。虽有清庭华景，一如虚设。风来冷冷鬓角，更那愁、室空人缺。暮色也，熄孤灯、影落锦衾明月。　　梦境当年心悦，戎阵列、驰驱戍关冰雪。激荡豪情，尽泻好男热血。醒来笑泯夜半，待黎明、戚戚泪噎。这世上，匆匆一生此景别！

牡　丹

天香倾国花骄子，风动艳姿傲世尘。
一怒占园欺百卉，十分抢色压三春。
流芳招引蜂姑拥，驰誉迷来游客频。
不忍韶华时已过，圃留常事两三人。

电 视 塔

高立城中视为冠，迎风披雨苦炎寒。
彩图默送街坊里，多少人家眉上欢。

浣溪沙·子然、胡蕾新婚之典

绮丽紫光披宴楼，华台鸾凤半含羞。八方宾客送明眸。　　黉院相逢知己识，尘途联袂笃情酬。今圆佳梦正方遒。

裕溪口怀古

自古兵家地，大江缘血红。
濡河挥戟棹，吴魏逐枭雄。
往事硝烟去，今朝云水融。
梁山犹作记，忽忘报边烽。

白　兰　花

朵朵玉绫缀，凝光齐月飞。
欲来伸手摘，不忍抹珠辉。

爱国词人张孝祥研讨会上作二首

一

诗朋兴致聚芸台，共议词人语闹开。
深究鸿篇吐玉出，高扬爱国唤君回。
论文检册还青史，遗事淘沙颂铁材。
首与乡贤共聊叙，留春园里敢情来。

二

烟墩念起故人来，八百年前事又回。
慷慨疏陈忧国策，豪情词放惊世雷。
丹心皆雪付吴水，华岁归天失楚才。
孤卧老山清府冷，尘间誉淡更悲哀。

遣暑三首

一

落坐亭荫下，微风断而还。
闲聊邻友聚，不觉日归山。

二

半倚老藤椅，轻风由扇来。
胸中空坦坦，茶润韵萦回。

三

室静窗风断，檐间热浪缘。
书中凉意惠，临案览闲篇。

西江月·暑期诗词培训班

尽是尘埃烫脚，疾行怕误堂时。归来愿许学吟诗，聆听先生教理。　　正度秋霜岁月，夕阳犹作春晖。有缘新老友相陪，共品吟坛韵味。

浣溪沙·七夕二阕

一

身立悬空忘烈阳，晓昏不计湿衣裳。无声专注砌高墙。　　半盏苦茶灯下淡，一窗残月席边凉。银河水阔望山乡。

二

绾发未妆追晓阳，青禾含露洒衣裳。荷锄月影照泥墙。　　红豆珠圆赠有乐，银河浪阔望还凉。鹊桥难架断城乡。

寄胡根山先生

乡情深重入心扉，座上誉名不敢依。
老眼江南频望北，秀溪吟苑更芳菲。

踏莎行·玉莲古稀岁

丹凤横波，青丝垂舞，惹来众目频频觎。溶溶月下有书声，芳春朗抱杏林许。　　过眼光阴，行年风雨，时凋已把红颜去。老来心愿寄身康，园林游赏漫幽步。

重阳登赭山三首

一　登峰

白发绿中隐，援阶情立峰。
凭高尤得意，身静乐清风。

二　舒天阁

欲览江山景，登临阁上清。
晴空城廓远，水近悦涛声。

三　动物园

山水园中异，栏栅隔几分。
精灵演百态，无食不亲君。

郭珍仁先生诗词作品研讨会上作

乡儒归去有其鸣，韵吐真情激众声。
寒劫风侵憎岁晦，雪留爪印恋时明。
滨河庐陋墨香溢，青冢松华绿意生。
荻浦山头霞满照，词人含笑梦三更。

漫兴演艺圈

艺苑缤纷换了颜，胡编歌剧乱弹弦。
寻门争上角儿座，不唱升平只数钱。

品鲜三首

一　梨

金皮裹白玉，汁溢诱清香。
雪片口中品，甘腴闲坐尝。

二　枣

色红光泛熠，掬手凤膏香。
产地西疆好，冰山流润长。

三　藕

浊流玉体合，不染半星泥。
牙角甜香入，挥毫绿叶题。

秋　　云

云舒云卷写秋心，情致深深无意吟。
默默相随南雁阵，青空散尽夕阳沉。

无为采风三首

一　新四军七师师部旧址

茅屋陋间居总戎，谋猷驱寇挽强弓。

点兵布阵江南北，血沃千山枫叶红。

二　米芾纪念馆

古韵临城故里骄，米颠翰墨世稀寥。

门前相看石翁立，欲与今人细细聊。

三　瞻张恺帆先生墓，并次韵《龙华悼死难烈士》

云光松翠仰高风，净骨铿锵音不穷。

灾难侵民公力救，骄阳永照故乡红。

雨霖铃·回然园送战友

青甍寒阙，望天云暗，一缕烟别。风来顿觉身冷，含昏眼泪、千言无说。归路迢迢滞黯，寄何处安歇？落日处、霞尽苍山，暮入冰空挂孤月。　红尘短暂炎凉烈，度经年、眷慕清风节。思来昔日戎里，凭倔犟、搏争旌挈。岁到如今，还是、沉浮哪索评阅。夜已永、思绪茫茫，冷盏残茶竭。

宿宣城城北

山暗人稀鸟歇窝，小亭微风背身过。
吹来香味谁家酒，能饮一杯愁化么？

岁终有感

吟师相托力难支，佐理诗坛未敢迟。
唯恐年来空韵墨，岁阑情尽自心知。

二〇一四年

帮厨

一案素荤凝眼神，细分洗择配肴珍。
齐声赞道色香味，更见酡颜满桌春。

堵车

懒言闷坐锁眉头，路卧长龙雾不收。
天暗茫茫无畔际，何时空净解人愁。

甲午上元日游园

推窗山野白，好个净明晨。
足下尚无绿，枝头已见春。
岭峰维老骨，梅苑养精神。
漫与园中雪，清心游景人。

首次召开诗词学会老领导座谈会有感

诗坛擎帜赖耆宿，国粹弘扬身率先。
雕琢骚篇耕健笔，传教韵识续吟弦。
鬓皤未改初衷意，心赤犹怀今梦圆。
一席良言清似水，源流侪辈好行船。

弋矶山望江

长水楚吴远，澄江明眼前。
群楼浮两岸，百鸟戏千船。
风静沙堤白，舟闲渔父眠。
流经多少事，省识浪中烟。

飞　　蛾

勇扑灯花继不穷，赴身蹈火葬其中。
只因醉在光环里，不识尘间西与东。

神山公园草坪

东麓绿茵阔，铺张如画图。
芳香青草发，佳气绿山输。
脚下连柔土，眼前观玉珠。
柔阳时正暖，倚石梦鼾呼。

晚眺市景

城廓霓虹不夜花，山湖灯畔万人家。
市声方息街坊静，歌舞重扬酒肆哗。
惆怅佳时无力付，萧条衰鬓不宽赊。
十分晚景难以寐，闲静凉台望月斜。

甲午之战百二十周年

火海连天起，悲声震宇寰。
英魂埋血浪，契约割台湾。
百载烽烟续，几时倭寇闲。

江山新景色，须记弱边关。

卜算子·暮春

昨夜雨花残，红落随流去。渐静南园暮色沉，绿淡阑珊处。　　一觉已三春，添得皤头富。倏瞬韶光不等闲，未付闲庭许。

池州杏花村二首

一　诗廊

满村唐韵听吟声，说是诗书更是情。
莫谴华章成旧迹，江南留取杏花名。

二　杏花村

楼亭遗秀布湖园，水畔幡飘陈酒魂。
老杜一诗流秀世，逗来都品杏花村。

秋　浦　河

历来诗富池州地，碧水清流亦唱和。
云影虹桥波浪细，林阴绿岸韵声多。
琬碑文采阅吟墨，绮阁芳辰赏咏歌。
锦旆招摇迎路客，杏花酒醉诵秋河。

问　喜　鹊

收工小憩望林萋，喜鹊啾啾枝上栖。
欲问鹊儿言一句，几时飞到柴门啼？

念奴娇·繁昌县图书馆新馆开馆

古来春谷，数文华瑰宝，世人倾说。又筑琅嬛成领秀，好个邑中琼阙。盈库缥缃，拥机网讯，满院书声沸。欣闻盛典，汗青鸿笔新页。　　更有芸阁娇姑，兰心合力，忘却时年节。书海遨游舟接渡，扶梯襟怀情切。四壁廊开，百科宏敞，网接千家越。而今圆梦，翰园花茂萌蘖。

马鞍山火车站怀旧

平屋几间依道隅，站台出入一门开。
初来正是离乡日，旧景依稀凝望来。

咏我三军三首

一

挥戈风雪疾，弹出不虚痕。
一脉红军血，千秋铸国魂。

二

万里海疆碧，舟坚任我游。
狂涛汹不惧，稳舵立潮头。

三

直破云霄外，雄鹰自在飞。
蓝天无限好，不误寸空晖。

临江仙·雨后山行

滞雨林间鸣翠鸟，沿阶享有清芬。岭头绿向大江闻。仰望天际，更著碧云新。　玉石青林尘涤净，微风又送殷勤。一山清景赖天君。晴阳才照，何问是黄昏。

鲁迅故里

故院深深笔墨多，纷争寰界写如何。
砚池翻作新潮浪，都入洪流推激波。

跃东、正香陪予及玉莲游瑶林仙境

深井阴森旋挂墀，忽明异界顿惊奇。
绮云横布铺穹绣，玉笋从生悬地垂。
陡壁险阶移怯步，空桥急水渡愁眉。
迷人仙境老来赏，幸有陪承游未迟。

重登杭州宝石山

复复登临次次新，旧苔不厌故游人。
危峰清景几时有，低首沉思问自身。

游德清下渚湖

随流身入水云痴，时断红尘忘不知。
绿隐人行青荻栈，晴明舟破碧荷池。
可观渚上花木艳，更赏林间鸟鹤奇。
何日天开湖水澈，偏来深印鬓苍丝。

好事近·秋园

黄叶下萧萧，逊了一园春色。行到石阶深处，赏黄花香溢。　　旧亭闲静已凋颜，但留印痕迹。正值叶红时候，得金风游逸。

夜　思

城空悬北斗，鬓角渐生寒。
枕畔乡梦断，窗前明月移。
日时图顺遂，晚岁守清安。
万籁夜阑静，唯闻心曲弹。

合肥池州芜湖战友相聚二首

一

江城兴会笑颜开，一伙白头如小孩。
归到闲门何度日，眉开朝夕兴游来。

二

见时欢喜别时难，有泪不轻弹友前。
已是古稀霜鬓重，同来把盏几回圆。

清平乐·山村行

秋山寒挂，黄绿铺如画。金菊自开骄又雅，香散村头迎讶。　　眼前一片新楼，村中人少踯躅，向看溪边霞色，归来田野霜头。

黄　叶　吟

情淡秋风欺叶黄，无声落地忍冰霜。
莫言今日身枯槁，曾送尘间一片香。

感　　时

钟声嘀嗒叩心扉，尘界光阴去不归。
岁月已磨头上白，何其声叹付曛晖。

游高淳慢城

兴来乡野里，物候正流金。
丹树岭头立，清塘云影沉。
欲寻山地阔，问讯竹林深。
收足荒台处，聆听鸟好音。

冬日江畔行

堤高露脚浪花低，春汛沧流撞迹垂。
风褪青林黄叶落，水磨白石垢污移。
数声舟笛绕晴岸，一曲渔歌泊晚时。
况是冬明景光好，满江韵色品来知。

二〇一五年

新年寄语反腐志士

京宸亮剑发声寒，整肃衙门担铁肩。
腐垒摧颓功贯日，鸿规颁立法齐天。
高衙儿女雄心在，华夏黎民酣梦连。
一曲升平弦上满，元嘉添酒敬勋贤。

忆业源兄送驼毛棉衣

新着棉衣泪欲流，抚衣人去未还酬。
相依岁月犹在目，仰望苍冥不尽愁。

过部队驻地闻号声有怀

伫立闻声胸浪鸣，临身顿觉入戎程。
耳听金号凯歌曲，目注军麾细柳营。
将士挥师惊海岳，英雄破阵发雷霆。
世间烽火虽无熄，边塞硝烟谁敢生！

腊八后三日，神山公园雪地行

晨来方雪霁，履齿印初生。
山静心扉阔，林闲胸壑平。
莺啼迎晓日，梅绽寄春情。
湖影五峰印，欣闻天地明。

浣溪沙·农家采风

山畔清溪数十家，小园梅绽着金花。黄鸡酣睡倚篱笆。　　腊月村香熏醉客，寒楼春煦待清茶。老翁烟递亮“中华”。

踏莎行·晚思

帘动风长，暮临日短，晚来无意银屏断。平台仰望数星辰，睡虫却扰昏昏眼。　　岁到残年，人归寒景，时华旧识已云散。还将举足踏清郊，柳堤何问几程远。

乙未除夕前夜梦故人

昏昏隐影故人来，耳畔犹听旧话回。
枕上泪含随梦去，寒风带雨打窗台。

渡江云·上元节，
闻芜湖市首次荣获“全国文明城市”称号

新晴吴楚净，暖回山水，万户闹元宵。更闻嘉讯至，激荡心扉，捧盏尽香醪。多年宿愿，未负也、梦圆今朝。回首道、倾城凝力，寒暑付辛劳。　　堪骄。千秋楚邑，岁月悠悠，数佳期多少。凭眼看、文华竞放，又领风骚。文明承载千钧重，担铁肩、续唱箫韶。春正溢，文园更显娇娆。

游中央公园

绿带烟茫十里长，衔山接水巧梳妆。
鸠兹添得佳景地，绿拥府前旗耸扬。

芜湖公交车公司刘卫娣星级车队二首

一

车驰稳向路千条，誉载高标说娣娇。
难得人生尝赞语，嚼来滋味是辛劳。

二

一花绽放百花开，芳艳江城处处栽。
欲出家门看秀景，登车落坐觉春来。

临　镜

立身临壁镜，又见鬓增浓。
不叹人生短，何愁岁月匆。
闲庭三饭饱，归职一身松。
欣度阴晴日，无虞白发空。

仲春游芜湖滨江公园

林荫绿绕道，漫步置园前。
水碧连天外，花红接岸边。
新楼云里插，古埠口中传。
景致轻纱罩，清流送远船。

蝶恋花·野趣

空陌宜时春正闹。绿染平畴，直到天涯绕。垂柳戏摇溪水恼，横塘云影初荷姣。　老叟横竿清水钓。眼看游鱼，脚在溪边蹈。身畔新禾光景好，青香扑鼻清风抱。

清　明　节

清明连日雨，风色冷台前。
一缕青烟寄，两行浊泪牵。
故人犹在目，游子已稀年。
归路蹒跚步，昏昏晚雾天。

滨江公园雅集，分得“盐”“删”二韵

一　中江塔

浮图屹立七重檐，文笔宦星垂阁阎。
故邑祉延情尚在，双江哨守兆黎瞻。

注：民国八年《芜湖县志》载：夏建寅《中江建塔图说》：“若论六秀，艮有神山，丙丁有白马，巽有荆山，独兑临大江一方，文星缺陷。”“此塔一成，真是文笔插天，官星鼎峙，人文秀发，闾阎殷富，风俗贞良，为合邑造万世攸长之福也。”

二　海关怀古

曲笔辱签辛丑约，疆开夷士领芜关。

坐收苛税汗银去，空入萧舟血泪还。
君醉吏佞中有色，官庸国弱外无颜。
迎风瞻望红楼处，应是钟声不等闲。

闲　步

人没层林里，糊涂援树行。
东西闻不识，南北步无明。
忘觅身回路，却怜莺啭声。
石台痴老坐，思索旧时程。

芜合高速路上

无边绿野嵌红楼，远望黛山云挂悠。
车外风轮吹细柳，杯茶未冷到庐州。

赴无为与胡根山、赵同峰、高光荣、马春、张应中诸先生共议增编《芜湖历代诗词·无为篇》

诗家簇坐议诗编，续集补珍终有圆。
苦觅千年识墨客，幸闻百韵得遗篇。

谋章有赖楚才力，承册方为辞藻研。
添得故乡文苑色，忘年交晤喜人前。

动物园口占二首

一

山水园中异，栏栅隔地邻。
精灵娱百态，偏爱逗游人。

二

鸟兽笼中困，自由羁不还。
大千尘界里，何日乐归山。

垂钓

拨破青萍碧水开，垂纶沉入坐塍台。
枝头黄鹂低声问，空篓携回还再来？

鹧鸪天·老友会

霜发颜开如小孩，几时未见又相猜。花间逸步清香满，柳下清茶碧水陪。　　白云闲，青草坐，东西南北话箩抬。晚年休问尘间事，笑向晴空心目开。

过无为石涧忆旧

甲午年灾逃水荒，茅棚涧畔避风霜。
饥肠羞面寻门乞，冷语吞声含泪伤。
黄陌孤行问世路，白云千布望家乡。
故园情景犹常梦，岁到微躯不敢忘。

杭州四季青服装城二首

一

一城坐拥贾千家，纤绮时装撩眼花。
欲问客来淘甚款，愁心难择乱如麻。

二

郎君墙角品闲烟，妻子城中欢闹旋。
朝入夕归躬负出，呼夫欲哭腿如棉。

海南行六首

一　石梅山庄

雨林溪谷建人家，错落红楼别样华。
荒野初梳山水美，华园重饰海天嘉。
沐风赏绿椰送味，踏径穿林身染花。
读懂人间清净处，回头庄上满暝霞。

二　海滩

天极涛来声若雷，掀翻碧玉雪峰堆。
随心临岸椰风里，足印金沙留一回。

三　天涯海角

白云蓝水石清幽，久仰风光一望收。
各色衣冠迷眼处，情人笑满海南头。

四　亚龙湾

青山拥抱一湾涛，沙岸琼楼入画娇。
时式泳装欣戏水，老夫乘兴涉回潮。

五　博鳌亚洲论坛

山水闲凉千古空，半渔半种企无功。
琼楼胜日瀛畔起，万国旌扬鳌上风。

六　留别海南

珠涯海纳山河丽，花木常年待客酬。
天遣神工开福地，时来妙手绘琼州。
椰林万绿胸怀满，沧海千波眼尽收。
难忘旅居仙境里，销魂情系梦回游。

读《东坡书院》简介有怀苏轼

足断天涯路，投荒海角临。
溟茫掀巨浪，径暗隔层林。
百鸟南山戏，孤身北斗吟。
商歌归万里，心折泪沾襟。

赠 林 根 兄

同庚同月世间来，不约投戎眉眼开。
为道纵横行未悔，炎凉一路鬓成皑。

翠明园诗词交流会

绿树荫疏漏碧天，清池绕阁听潺涓。
倚栏相和索佳韵，伏案同书敲郢篇。
兴得新歌眉开乐，喜来鹤发笔间缘。
经年不恨夕阳晚，捧得丽珠邀月眠。

与沈葭桐欢度第一个中秋佳节

阖家四世聚楼台，果饼盈盘拜月来。
最喜欢颜恭小手，心昭愿许有谁猜。

参加芜湖好人馆开馆仪式

金牌耀眼映光华，照向江城千万家。
君子情怀善行举，得来身浩玉无瑕。

闲　　居

寄住赭山西麓边，门庭清静绿相缘。
倚栏痴看鸟穿竹，仰首悠闻雁写天。
拾卷微吟朝暮乐，铺衾休事梦齁圆。
三餐有味清平日，捧盏欣尝一缕烟。

村　野　行

雨后田塍不厌长，莺啼伴我佐情昂。
秋风吹去芳原绿，畴畔送来金穗香。
隔水峰峦悬彩画，临村亭阁读华章。
身缘墟里新颜色，换了农家说富庄。

芜湖县六郎官巷村二首

一

官家故里远归来，互避谦辞择巷回。
往事逸闻今是说，人间秉礼不徘徊。

二

官村自古文华地，留有遗风今日回。
赏识廊前新墨迹，又闻田野稻香来。

小重山·立冬抒怀

冬至秋归雨雪风，闲庭寒渐入，觉身空。新闻看后眼朦胧。人欲倦，依椅听时钟。　　白首怕三冬。更愁多有疾，弱躯躬。人生四节顺时从。林园外、共与夕阳融。

公园闲坐

碧云西去过江关，坐定小亭溪水闲。
园外纷纷尘事起，林中静静鸟声还。
秋光不厌客吟月，时运无缘自养颜。
送尽春风留白首，欣看日日夕阳山。

二〇一六年

浣溪沙·居区漫兴

深院纵横万户开，群楼林立挤云隅。阳遮阴影落门台。　　犹忆平房倾日沐，更怜户院百花栽。芳邻相问笑声来。

南陵大浦村

雪消初绿半堤台，桥引入村新眼开。
不识农家今日貌，目痴疑在逛城来。

送春联下乡

晨起紧衣出，车行乡野中。
雪迎霜鬓合，风贯领襟松。
伏案挥椽笔，题联闻韵工。

村头千语笑，门户满春红。

仰赭山公园牌坊，有张公恺帆题“江城入画”

墨迹犹存绿掩深，笔端风韵贯园林。
先贤清韵今重读，仰望青云含泪吟。

脚　　印

一生足迹留多少，总把泥尘印出图。
不计行痕深与浅，归来身后看清衢。

遣　　怀

夹岸桃花又露红，粉唇欲笑待春风。
故园红雨几时沐，影落清溪冷倦翁。

当涂青山踏青，填《菩萨蛮》二阕

一　詹村

黄花烂漫蓝天秀，桃红香泼青山口。风送带甜滋，吹开游客眉。　　红楼新雅尚，酒肆嘉肴享。小憩看来人，与花争逐春。

二　李白园

绪风冷景荒台静，青莲卧处疑声咏。犹听敬亭吟，姑溪恨水深。　　江山留韵品，会此诗峰禁。国粹正逢春，吟坛代有人。

晚　吟

夕阳归去白云收，独倚楼台吟句搜。
耳畔忽听送君曲，韵无半字入心头。

北　斗　星

夜暗遥望北斗星，青空幽静自温馨。
光融白发相知意，伴我归来享饫宁。

感事并寄友

人老颜衰天赐来，闲庭声叹作何哀。
苦寻丹药乞椿岁，去向秦陵问一回。

鹅　卵　石

闲在青山未补天，雨摧风打冷溪边。
凡尘不许楚材意，濯漱清流磨自圆。

游　园

生性逢园难止行，神来品绿独钟情。
鲜灵花草轻轻语，清气山泉静静声。
信步寻新彰圣代，赏心访古忆文明。
不堪尘事临池苑，长使身前百卉生。

如梦令·暮春有怀

何奈东风渐去，忍看飘红无数。杜宇怨声声，欲唤九春回驻。无语，无语，只有顺时行路。

石州慢·芜湖诗词学会成立三十周年

闻复诗坛，惊梦宿耆，吟韵先发。骚家咸集谋猷，国粹承扬嘉节。镜湖波荡，赭山翠滴莺啼，共声和唱歌相悦。运甓筑文园，待芸花蓬勃。　　情切，经年回首，千万佳篇，铺开新页。榜上殊荣，雅社名遐前列。同途伏枥，付诸多少殷勤，初心检点归今说。酬唱兴遒遥，向天门山越。

同李思强友游芜湖县东湖公园

一湖明塔影，云外寺钟来。
碧树老翁隐，芳堤旧话回。
曾经风雨日，更忆柳营杯。
难得相逢悦，晚晴情自开。

鹧鸪天·黄山迎客松

仰望悬崖石上松，临空屹立雾云中。摇枝净叶迎嘉客，身落清鏊斗罡风。　　无一语，有千功，行将高洁寄时融。孤贞不屈风霜袭，魂系京城大会宫。

《芜湖历代诗词》三册编毕

地灵人杰史悠悠，赢得诗家笔妙酬。
寻觅三千清韵汇，不随江水向东流。

秋　晚

步入园林萧木台，半轮月照菊花开。
秋风不解梧桐意，叶落枝疏送暖来。

延安行杂咏六首

一　战友会

友自三城相聚头，登车兴致向西游。
旅途毋问路多少，只趁秋光遐景收。

二　黄帝陵

玉砌云台溯祖尊，帝栽柏树九州根。
五千年纪五千石，光照江山留古痕。

三　黄河壶口

昆仑飞瀑越千峰，至此尽收壶口中。
直挂银帘高百尺，雷鸣深壑震瀛东。

四　宝塔山

浮图倩影入眸来，傲立峰头天地开。
放眼青岚飞塔远，依稀华夏碧空徊。

五　王家坪

几间陋室聚星贤，笔底风雷振昊天。
万马驰腾山水越，油灯淬火更挥鞭。

六　枣园

秋色萧萧黄叶台，清帘静静半扉开。
五公履齿荒坡印，别样情思细品来。

注：五公，枣园有毛泽东、朱德、周恩来、刘少奇、任弼时的塑像。

采桑子·海棠

夜来露湿花枝倦，冷卧溪边。忍看凋颜，纵有残红谁去怜。　　而今已是清闲日，莫谴秋风。慢度黄昏，尤有余香和月眠。

踏莎行·偕玉莲与崔植元医师清水河郊行

白日趋寒，黄郊信步，笑声丢在平畴路。村头鸡啄草荒荒，道旁绿透千樟树。　　衣染轻尘，口连絮语，山南海北随心叙。好贪野趣满情悠，茫然忘了斜阳去。

冬 至 日

细雨东山障，朔吹庐牖凉。
日间嗟叹短，夜晚怨嫌长。
立院望楼暗，凭栏念自伤。
蹉跎成白首，还望故园霜。

二〇一七年

偕玉莲由杭州至海口飞机上作

直上青云外，晴寥一物无。
湖山远眼目，日月近身躯。
坐客安宁静，司乘勤务劬。
白头情自发，尽兴赏穹途。

儋州东坡井

一井甘泉古始开，顿时黎庶拥君来。
王侯未问水情事，清浊不明多少灾。

吟　竹

破石青锋泛碧光，虚怀劲节淡如常。
不思身外尘多事，自向寥空送暗香。

偕玉莲海边闲步

闲情投海畔，信步印金沙。
浪拍千琴曲，香来万树花。
景明临白发，水净映红霞。
小憩椰林石，相依赏夕斜。

周祥鸿先生以《城市与梦》见贶并读(古风)

篇篇着眼事，句句道真情。
客居君邑久，心纳岁痕明。
昨日已成梦，今朝又访卿。
人老多回旧，江城新色生。

游无为西华寺

石丈招提倚，烟浮都督山。
白云峰上乱，青塔雾中闲。
梵语随门出，青烟向岭环。

禅家聊溪畔，坐听水潺潺。

闻五一劳动节工匠代表入京

始闻国匠赴京来，笑语欢颜倾绽开。
有梦心圆名誉正，无声情满技能怀。
宏猷克践溢朝气，大任敢当凭艺才。
光艳荣章身佩日，举杯遥祝醉千回。

暮春行

千畴油菜花方瘦，一口荷塘叶正腴。
春去春来天地意，身寒身暖岂多虞。

荷塘漫步

信步清塘畔，涵空映碧漪。
莲香含绿影，水净映红姿。
侧耳柳莺啭，抬头荷女嬉。
寥寥人静处，幸得正香时。

浣溪沙·答友人

寓在赭山半际间，奉陪松竹得归闲。斜阳沐绿我先看。　　三顿清餐知饱暖，一枕酣梦说童年。清茶慢品养衰颜。

建房工地口占

广厦如林到野村，楼家营惠笑盈盆。
一砖一瓦农工手，块块都留血汗痕。

消　夏

何处清烦暑，荷池柳畔前。
园中花醉眼，脚下水如棉。
热浪林梢过，凉风身上缘。
忘知时几许，依石欲成眠。

满江红·南昌起义九十周年

空夜枪声，惊天地、倾城顿沸。奇将士，怒弹穿敌，溅星飞血。三万英豪成大义，五千青史留名节。国人醒、众倒旧三山，开新阙。　　凭信仰，旗首挈；荆楚道，千山越。播燎原火种，井冈红彻。驱蒋抗倭功盖世，强军卫国心如铁。天地海、守土我雄师，初情结。

双七初度书怀

人老居闲无奈何，思来岁月叹蹉跎。
悯疴苦药岂堪少，倦体香醪哪敢多。
微信点开闻趣事，闲书读罢学吟哦。
风清云淡时意好，善待余时慢琢磨。

咏　枫

时冷风凄便发丹，如花秀丽向尘寰。
霜欺未减初红色，雨打有添新绿颜。
不恋群芳贪艳斗，偏怜危岭品秋还。
萧森挺立寒无意，更借斜阳染尽山。

湖畔小亭怀时

细雨萧疏凉暗空，湖边垂柳叶凋风。
时来更换山水色，只见浓稀景不同。

感冒病二首

一

大意新凉少着衣，风侵成疾入身围。
岁时不识自当苦，莫道秋来是与非。

二

人老最悲床上留，力微气短望天愁。
最图忽去九泉路，告别凡尘归客游。

芜湖桐城途中

跨水穿山惠眼行，半黄半绿图画明。
江南江北风光好，留取人间天地清。

参观桐城六尺巷，并次韵清张英诗

寄回一纸不争墙，解结芳邻处不妨。
昔日世情犹可见，今人多少识秦皇。

偕玉莲与甘帮胜夫妇厦门纪行五首

一　鼓浪屿

环海绿洲天地明，倏然领悟世外行。
日光岩上瀛洲览，别样风华满眼生。

二　胡里山炮台

峰台威立向溟烟，愤发寇舟沉底渊。
旧迹斑斑凝血泪，依稀声震海天边。

三　舟上望金门岛

船横海界语咽喉，举目随波向岛愁。
一水融流人两岸，何时来往自乘舟。

四　郑成功纪念馆

一代功臣镇国南，繁荣海峡心未甘。
公堂肃目君可见，夙愿声留日月潭。

五　陈嘉庚纪念馆

浮天劈浪兴南洋，两鬓苍苍百苦尝。
晓理育才贫族济，抗倭更是解倾囊。

二〇一八年

水调歌头·元旦日晨望

骋望赏朗日，光耀满神州。新晨新气新岁，兴致亦心尤。城野霾尘渐易，水绿山青云碧，城乡复清幽。已觉沐春暖，好景尽欢收。　　视瑰景，细览数，逐年稠。凭台念远，江山如画更勤酬。不忘驱云先范，代有春风花信，芳甸启新猷。惯听东方曲，声老亦歌讴。

索　吟　句

乱翻陈页人家味，伏案苦思愁不开。
世外衍生情万种，慢寻自有好词来。

春　莺

临窗偏唱叫醒歌，揉眼开帘问若何。
一对明眸凝向我，清晨抱枕不吟哦？

戊戌除夕有怀

千门含笑换新联，万户称觞岁宴圆。
春色早来时不待，雪梅争放百花前。

元宵夜

一城开不夜，七彩缀天庭。
湖上泛霓浪，山中悬画屏。
新花穷品赏，古韵复聆听。
明月苍华照，长歌闻洁馨。

南陵奎湖

绕堤碧水接畴台，古韵流今晴日开。
正是春风扬万柳，一湖清畔待栽来。

城东中央公园,观拜石雕塑

谁有痴情逸，知州拜石仪。
一朝一叩首，半醉半醒眉。
尤慕清莹色，更怜风骨姿。
此生风雨沐，不失本颜时。

送荆州张相龙友

不负韶华岁，同戈春谷时。
戏临双井影，犹倚一窗枝。
携手才相见，开杯又别辞。
楚江空际远，相拥在何期?

君子兰

仗剑指天分外明，临风含露四时清。
花开并蒂本无意，自在山中自在生。

闲题二首

一

已惯清闲境，尚宜昏晓行。
青云无意赏，白发岂愁生。
空荡填胸富，无存图事宁。
暮来彩霞品，耿月照心明。

二

何以端居消寂寞，自寻谙事自任耕。
日常家务勤帮作，时有亲朋围聚迎。
心慰案头搜韵琢，足游户外觅园行。
闲忙看取门庭乐，旨在澹然度晚晴。

离亭燕·参与市文明督察团督察芜湖城交通道路

古邑江山新画，风物合宜潇洒。路网铺城连野岸，道畔林花琼厦。更有立交桥，绘就彩虹尤雅。　　检点阛阓佳话，多少戴月冬夏。风雨度时无恨悔，汗水和泥身挂。锦路亮千条，欣看万车通驾。

卫星、继华陪余及玉莲游俄罗斯杂咏八首

一　莫斯科至圣彼得堡火车上

平畴不尽接蓝天，林海贞萋挤路边。
窗外人家临眼少，车声悠在绿中穿。

二　圣彼得堡城

群楼别样织西东，水格城关四郭通。
古貌蕴含奇异景，风流还看夏冬宫。

三　夏宫

琼宫百尺海滨依，耀眼厅堂满炳辉。
何是金银珠宝物，宫廷一览识珍归。

四　冬宫

一声重炮禁门开，百万黎民做主来。
今看涅河寻旧事，宫中博物又新台。

五　涅瓦河

一水轻浮两岸楼，桥横开合往来舟。
清流细浪向海阔，关塔凌云自古悠。

六　克里姆林宫

欣临城邑最高坡，漫赏槐宸细琢磨。
元府红墙留旧貌，新花多色映河波。

七　无名烈士墓

墓前默默仰灵台，将士英魂浩气回。
故道碑文犹耀目，幽蓝火艳寄情陪。

八　莫斯科至北京飞机上

飞上蓝天别斜阳，倦身闭目理游章。
攸然一笑抚霜鬓，也领风流品外疆。

游南陵小格里，次韵谪仙《山中问答》二首

一

云绕层峰格里山，林深径曲碧湖闲。
浮岚障目疑无路，回道寻来新岭间。

二

小憩湖边行半山，缘身绿海向林闲。
天然芳润情待溢，还是青莲问此间。

雨

大雨倾天落，淫绵不肯收。
高楼倚牖望，低户水门愁。

离乡六十周年感怀七首

一　离家

农子久怀乡外游，恰逢一纸解心愁。

门前小路向城曲，敛步回望泪面流。

二　入厂

投工情致正方遒，旗下誓词身尽酬。

春夏秋冬时不数，锤声赞语共扬悠。

三　投戎

从戎宿愿已还酬，风雨征途正力遒。

忽患沉疴营里冷，心渊愁落泪难收。

四　文坛

戎归书海弄潮流，尊道搏浪勤驾舟。

力尽遨游篷泊岸，闲门空袖冷清秋。

五　慈亲

添得男丁喜上头，家贫难济又生愁。

尊前空冷愧人子，舐犊恩情时未酬。

六　怀乡

乡土芬香生自尤，清风吹送更浓稠。

家园花木多新绿，未作添栽欠故畴。

七　结语

少年昔别故乡泪，甲子重逢又泪流。

经世萧凄愿空许，凝望秋色鬓霜稠。

卖菜翁

摊开百菜绿生鲜，欲盼行人问面前。
早起晚归囊细数，筐空只值一包烟。

拟《采虹集》书名

初题名号老横秋，三改采虹情韵悠。
摅抱芸篇酬暮岁，吟歌共赏自情尤。

过芜湖钢铁厂旧址感怀

国基钢以立，令下搏江东。
致力淬青锭，忍饥追玉宫。
炉前披汗滴，心底激情融。
物换赧郎老，归来襟袖空。

读盛书刚教授《菊事盛话鸠兹》

佳话美文闻菊香，中秋添得佐餐尝。
如何兼品花中味，犹看湖边月下霜。

观央视首届“中国农民丰收节”开幕感怀

五谷丰登节，银屏集景扬。
嘉禾千地浪，硕果百园香。
咀啖尝秋味，讴吟颂小康。
农家欢庆日，古国又新乡。

重阳赴合肥会王培文、张家安、戴忠鑫战友

秋色涵江点点舟，心随车疾到庐州。
相逢笑出红颜面，举盏影来霜发头。
尘事茫茫刘宠性，暮年淡淡谢公游。
浮云飘息太虚静，未忘城隍旧小楼。

注：刘宠，东汉臣，主山阴县时，为官清廉，人称“一钱太守”。谢公，即南北朝谢灵运，著名山水

诗人、旅行家。

踏莎行·登天门山，有怀李白

林畔轻寒，台阶薄雾。旋登峰上江天处。千年吟韵有留声，自来多少痴情睹。　　官断章台，人流歧路。傲才无处殷勤付。山河流泊唱仙歌，一身诗酒青山许。

访友新居

一步临门悬半空，清庭陈设入时风。
南园花溢飘香壁，北水桥浮落月宫。
安得嘉居心愿了，迎来晚岁福身融。
萧疏白发归栖寓，仰慕君家无苦衷。

巫山一段云·登四褐山望江寺

曲径通林静，深秋剥树残。临江禅院半悬山，古塔冷陈斑。　　黄叶僧人扫，青烟信士缘。扉畔无语听禅吟，槛外暮风寒。

浣溪沙·海南兴隆热带花园

妍暖俊游芳甸园，林深径暗漫轻烟。一日游来不知边。　兴赏奇花多不识，欲明异树亦无言。边游边问未情圆。

旅游购物偶兴

玉镯颜高过万元，相磨半价两欢言。
行家经检人工合，不足千金自领冤。

游越南下龙湾

木船稳舵劈长风，一片溟茫接玄穹。
浪拍悬崖花万朵，舟穿深壑石千峰。
登山立岭云天里，过洞入湖仙界中。
光景神怡情不住，海栽青笋望无穷。

二〇一九年

元旦日，海安至海口舟上作

沧渊临眼远，四顾顿生寒。
风起浪天合，舟行云水间。
新元游海度，旧岁入胸环。
一片深蓝色，扶栏望港湾。

腊月二十三日，寄灶神爷

担当督察人间事，又到岁终清账单。
但愿上天言好职，更知下界保平安。
无虚贫富分明说，如实是非论理看。
不费黎民勤供奉，只捐禄米付清官。

一剪梅·海南己亥岁除夕

相聚三家过大年。北客南来，笑说团圆。一杯清酒面颜酡，醉也无眠，晚也无眠。　　静默星空夜已残。院内明灯，庄外暝山。空悬北斗寄乡音，习习椰风，阵阵溟澜。

海南日月湾

欣赏溟边景，清身放足来。
水浮千石立，浪激百花开。
妈祖佑渔父，海门迎棹桅。
游人小憩处，椰榔新圃栽。

游五指山

峰峦叠眼前，五指向云天。
危岭随车转，轻烟绕壑缘。
古村留胜迹，新景著佳篇。

黎户儿女靓，芳姿歌舞圆。

瞻红色娘子军纪念园

绿鬓冠上绾，挥槊疾如风。
五指山歼寇，万泉河练弓。
雨林香骨净，琼岛琬碑雄。
决眦寻芳处，犹听深壑松。

和平、华强陪予及玉莲游泰、新、马三国三首

一 泰国湄公河

穿城向海碧波流，滟滟水光迷入眸。
鹭棹轻狂飞浪去，时人莫笑白头游。

二 新加坡唐人街

阔道琼楼汉字清，乡音听得满含情。
成荫花木倾街盛，犹有华郎汗水耕。

三 仰马来西亚三宝庙

古殿依山临海闲，青烟香散泛云间。

先贤无意千林绿，帆起瀛舟风顺还。

凉台偶得

晓明帘卷起，莺鸟对窗吟。
风动春衣满，时迁秋鬓深。
体操运筋骨，晨气润胸心。
老伴催餐急，杯茶已满斟。

卜算子·品茶

捧起旧时杯，犹是初香味。莫道何山哪水来，入口如醪醉。　　最喜溢青烟，飘向云中会。脉脉游丝千里牵，空碧情无际。

观院中水池

云散霁晴好，栏栅来惠风。
雨添新水碧，莲映旧池红。
绿叶镶珠玉，青萍露宇空。

韶光明底映，云落鬓相融。

郊行即兴

放足郊行断市尘，水村山郭览清新。
沿畴举目青禾处，多是躬身白发人。

荷叶杯·睡莲

院角清池凝月，莲茁，暗香驰。红花绿叶两相处，情语，互撑知。

阖家四代游繁昌孙村水库

林篁翠里几人家，一库清波洗玉沙。
漫品农家肴膳乐，滩头戏水破云霞。

满江红·建国七秩大庆抒怀

紫陌金秋，山河醉、欢庆嘉日。圆瑞梦、众黎心愿，践行情迫。建业革故兴万户，神舟跃宇惊千国。看今朝、城野怒霓虹，东方赤。

忆往昔，家国泣；倭寇宰，身无力。赖先驱刀举，斩魔民立。不忘初心根本固，更明使命新猷职。宏图定、锦绣铺神州，同心织。

授军人“光荣之家”门牌

金牌手捧忆军来，宿愿圆成眉笑开。
风雨浸身戈剑立，炎寒守土日星陪。
青春倾付志无悔，白首空归情不哀。
常仰戎关旌旆赤，闲楼有梦柳营回。

浣溪沙·斥香港暴乱分子

风起香江掀浪高，凶流侵岸紫金凋。碧波深处暗藏蛟。

定海神针平恶水，稳舟铁舵驾云涛。港湾雅澹赏清潮。

偕老伴玉莲及卫星、继华游莲花湖以庆生

八秩庆生处，湖山清景间 。
池荷红秀色，岸柳绿腴颜。
人老无由复，时迁不问还。
寻方南岳岁，唯有待心闲。

朝中措·咏荷

东皇不剪自修姿，烈日正香时。有绿相邻护色，自红自艳迎晖。　　鸟鸣不厌，风摇不怼，无语无思。待到秋深归隐，惟留净白珠玑。

南歌子·暮年读

檐暗星光挂，灯明老眼垂。书香有味品来知，不道闲读无处用书时。　　手搔霜头急，笔耕白卷微。桑榆时节不徘徊，且挽芸编慢读伴吾陪。

新　居

城东山畔新居地，邻近双园花木深。
院旷道行无虑碍，楼高梯送不愁临。
窗明醒眼好翻卷，室静来风悦濯心。
安得清庐儿女力，晚晴颐养说如今。

山西纪游七首

十月十二日，偕玉莲及戴忠鑫夫妇随团游山西，兴致感发，随笔纪吟。

一　平遥古城

雨洗城池古道悠，鱼龙欲跃出烟楼。
千年商贾殷阗地，一纸汇通天下流。

二　雁门关

雄关险要仰惊嗟，鼓角犹鸣乱骏骅。
多少兵将戈甲折，荒山血染自成霞。

三　云冈石窟

仰首惊闻如梦中，神工鬼斧世无同。
千年风雨尊容在，由此蜚声今古功。

四　五台山

登游塔院了初衷，肆望楼台烟雨中。
佛国清凉禅静坐，也知山下起何风！

五　悬空寺

立木凌空悬百楼，危崖挂雾逗人游。
鬓苍难越登途险，隔水眺望心亦悠。

六　登恒山

车环盘道入云霄，收尽群山向海寥。
欣立峰头心意好，一呼声远我逍遥。

七　中华第一门

尧都屹立九州门，十二景光华夏魂。
遥看汾河千里碧，炎黄儿女溯源根。

同庆楼雅聚，分得“云”字韵，限小令，填《忆江南》一阕

霓虹熠，捧盏慰心温。骚客兴来情似火，吟坛雅趣韵如春，怎不化秋云。

神山淬剑池

岭坡树茂草遮拦，一口荒池水已残。
龙凤青锋闻淬火，莫干魂系此山寒。

登赭山爱晚亭

遣闲阶石数，百级到山亭。
风扫楹台白，雨淋檐瓦青。
雁飞寻暖日，叶落伴寒汀。
颙望枝头鸟，好歌邀我听。

上海外滩井瞻陈毅塑像

百色霓霞披岸楼，浦江红透彩舟游。
南京路口将军立，十里洋场一夜收。

游溪口蒋氏故居

武岭门前淡夕阳，旧园新景话沧桑。
英才不识东风面，留有烟楼孤岛凉。

岁末回味

岁月由天定，光阴谁唤留。
当珍今日乐，莫叹昔时忧。
放足游山水，开心聚友俦。
何愁归路近，随意踏清秋。

二〇二〇年

卜算子·晨日

晓起立楼台，迎看朝暾彩。望望春华六合来，绿待冰封解。　　新岁问如何，日润遍桑海。莫道鬓疏已深秋，把酒东风载。

大　　寒

苍天作美去严寒，不着棉衣过大年。
忧看乌阳照南北，怕猜洲上可行船。

点绛唇·春兴

午梦醒来，枝头燕子窗前近。暮临何忖，脚下春堤印。　　春萌生机，绿涨山川嫩。东风润，楚天寒逊，万紫千红吻。

去医院路上

春风吹野绿，欲品却无声。
花木不相待，低头难付情。

果果戏滑梯

行走跄踉步未稳，敢攀高架滑飞来。
红腮笑靥花如玉，得意洋洋又爬台。

浣溪沙·仲春

翦翦春风舞柳长，桃花红笑小楼窗。新居满院沐迟阳。　　忙去解衣熏暖气，闲来搜韵答春光。趁时胜景亦争芳。

神山公园芙蓉湖

徐步深园里，山湖多胜游。
五峰青影落，一渚碧波浮。
近岸人亲水，长林叶抚头。
倚桥风送意，注目望清流。

游汀棠公园

时来春色淡，花谢柳枝肥。
玉带桥流碧，玩鞭亭夕晖。
黄须遗宝处，梦日断京畿。
骚客千年诵，汀棠景不非。

读《陈毅诗词选集》

立国男儿生死酬，挽弓射日解民忧。
清风明月勤天道，留有诗痕万富侯。

读白居易《长恨歌》

玉脂清泉吻，朝廷唱赞歌。
日昏皇殿暗，香断马嵬坡。

如梦令·晨练

又望东方破晓，风醉红花瑶草。恣意步行来，好向竹郎闻鸟。谁早，谁早，歌舞林前翁媪。

生查子·咏芦

轻摇碧水生，衍浦清溪小。阵阵撩衣风，香气长昏晓。

莺声慕绿来，笑我江南老。江北有蒹塘，香味闻多少？

清平乐·立夏日

小桥霞晚，径敛花红断。犹有松杉云碧处，默听子规声唤。　　春归何处无妨，夏来何问炎凉。小扇清风自赏，兴来几句吟吭。

神山志喜亭怀古

故人归去古亭闲，独立峰头绿树环。
祈雨有怀衙署吏，耕畴方见黍禾颜。
前贤留别鸠兹邑，后辈常吟赤铸山。
风动衣襟华发陋，凭栏缄忆旧江关。

晨　　遇

八旬游人晨遇多，童颜绿海绕林过。
闲聊共识糊涂好，休管何时入土窝。

醉花间·放足行

多行足，莫停足，开足延溪曲。芦碧送清香，夹岸铃红绿。　临台亲水掬，落坐听风竹。闲言自我吟，蒿目云天读。

端午节，四禡山诗友嘉会，读屈原《渔父》，并拈“清”字韵

千古文章说浊清，谁醒谁醉自知明。
沅江沧浪时无歇，端午龙舟看粽情。

念奴娇·庚子岁禁毒日，有怀元抚公

南天烽激，丈坚舰利炮，海嚣山裂。怒从心根倾喷溢，御侮飞将豪杰。愤怼夷声，虎门壮举，惊世雄风骨。青天烟禁，悯哀民瘼关切。　恨向宸阙金牌，卷戈含泪，玉粟无堪绝。万里北疆笳雪夜，遥望丁洋昏月。未死蕃航，百年涎睨，梦里重生孽。仰天垂叹，举杯沙角时节。

如梦令·蝉

绿树甘泉尽饱，滋得肥身宽脑。仰眼不低眉，取宠唱高调。知了，知了，本性攀枝有道。

夏日雨后游

蝉鸣荫柳处，雨霁少行人。
日下光穿叶，溪中影破鳞。
泉声深壑出，云色茂林湮。
不计炎程步，时时老眼新。

汛　堤

滔天白浪撼长堤，千万生灵危急凄。
拭目军民风浪里，安之若泰向云齐。

浣溪沙·老人情怀

自信老人无淡情，聚头潇洒有朗声。时潮衣着靓姿明。　　歌舞闹台寻乐立，九州放荡采风行。春秋冬夏笑眉生。

闻防汛战士堤上庆生

抟弄泥糕贺庆生，青蒿为烛满含情。
祝歌声荡一江水，退却潮魔千里程。

寄　　友

世事尘纷乱，谁堪分理清。
抱冰年月过，立骨楚才行。
晚岁踱安步，闲门图静宁。
生来多故事，留在自心明。

七夕有题

情系鹊桥相泪流，千言不尽恨星收。
人间不惜姻缘乐，可望牛郎织女愁。

偶　得

晓夕躬耕日下田，汗浇禾穗粒肥圆。
归仓细数一年景，不及戏郎歌半天。

望日出

遥望东方待晓闲，朝晖一出尽开颜。
人间唯盼清晴日，但愿乌阳不落山。

望月有感

寒霄霜映空寥静，白玉盘悬凝目痴。
丹药长生迷已苦，秦皇短命省其悲。
嫦娥当悔故宫事，凡子该闻新纪时。
自在随缘宁静处，清心对月莫相辞。

游天目湖

石拱坝高明镜开，楼台古韵绕山回。
游人不妒林间绿，偏向枫华岭上来。

题南京牛首山牛塑像

漫抚身肌力劲遒，双眸神向拓荒畴。
游人倚角自声语，欲问今朝孺子牛。

兴会三山诗友,饮醉仙坊,拈“坊”字韵,限填《鹧鸪天·莲花湖》

秋入莲湖淡风香，云山影落白鸥翔。树台送绿媚人沐，荷畔赏波亲足尝。　　聊韵味，醉仙坊，风流雅气压斜阳。秋园别语语难断，留有情丝日日长。

西　河　镇

古埠残垣渐复新，长街门冷几游人。
江南名镇恢隆誉，不是当年居要津。

张双柱先生邀饮,同题《相见欢》,拈“东”字韵

忘年书阁相逢，满欢容。把酒闲吟同醉、乐无穷。　　骚坛梦，诗情种，好生风。故事绵绵谁断、月悬东。

洞仙歌·重阳登山

一山银发，又行年重九。眉锁欣开会知友。径通幽、拾步旋上峰头，寻望处，枫叶红浓时候。

风来寒有意，时已斜阳，只把布衣紧空袖。往事入浮云，影迹无踪，留老骨、清心犹守。待明岁重阳再登临，问八秩霜翁，乐酣高岫？

秋日郊行

漫行无所向，风抹白头微。
木落三秋静，霜生百草稀。
青云怜多彩，暮日惜余晖。
郊路常留影，闲情好放飞。

相见欢·赴马钢老工友相会

炉前挥汗争优，正方遒。直把青春情意入钢流。
风物易，年华逝，鬓深秋。抚摸当年柳帽烙花稠。

遛狗所见

遛犬占道任其游，路上行人瞥见愁。
污物不清摇尾去，豪裘双影漫闲悠。

闲窗遣兴

淡淡秋云暗又明，风丝带冷叩窗声。
无须回忆年前事，何去追闻身后名。
胫足虽衰行正道，精神未倦葆真情。
莫嗟八秩时临晚，不信斜阳阻我程。

点绛唇·自勉

读罢闲书，窗前风冷又时晚。搔头揉眼，举臂伸腰展。　　度日清闲，百事离身远。门庭暖，阖家春面，何曰霜头漫。

西江月·马养清、王国城、金道信诗翁诗词创作研讨会有感

湖上烟墩芸阁，满悬书画兰堂。眉开品韵说吟章，声震陶塘激荡。　蹭蹬生涯无怨，冰心傲骨儿郎。悲欢爱恨入诗囊，都向诗翁仰望。

检点诗稿

芸阁归来择学诗，一堆乱稿锁愁眉。
旧笺理正吟心韵，涉笔情融岁晚时。

二〇二一年

新　年　历

新历翻开忆旧年，时光逝去已如烟。
不须问岁何消度，半醉半醒时有缘。

醉花间·思老友

思相见，梦相见，途远黄昏叹。微信仅相联，哪及相颜面。　　时光飞去惮，老骨风摧软。何时侃大山，空望门前燕。

早春怀故友

落木已含青，河流冻解明。
竹林闻鸟语，野陌闹春声。
笑在清溪畔，吟于芳草程。

时堪生昨景，隔岁不同行。

过芜湖小九华寺

诞登兰若半山中，仰望白云浮塔融。
散去青烟林木绕，聚来金殿信徒躬。
繁奢世俗争利市，清静人间说佛宫。
空寂禅家情有溢，开门也纳外尘风。

西藏加勒万河谷抗印军英雄

冰凝风啸雪纷纷，岭壑萧萧压黑云。
寸土江山生死守，边关又见李将军。

柳

金丝风里挂，摇碎水中云。
多少春来恨，好时先柳闻。

芜　湖　吟

千年吴楚邑，每日看熙隆。
两地隔天堑，三桥接路通。
一城山水合，九派浪舟融。
万户事兴盛，百园林郁葱。
人才经世杰，业富越疆雄。
小吃已名外，鸿商在誉中。
菱荷向往醉，鱼米历来丰。
寺塔岚浮岳，天门诗贯空。
神欢文史迹，情爱庶民风。
我以家山仰，相依归老翁。

蜜　　蜂

迟阳时好舞翅鸣，着意百花酿蜜成。
经到品尝遭枉斥，蜂姑虚苦哭冤名。

铜陵永泉度假村

环山芳意重，幽谷向峰云。
十二景观秀，百间民宿殷。
清风林静静，碧水壑氲氲。
昔日行军过，归程望夕曛。

读张双柱先生编著《百花新咏》

百家吟百花，开卷忘曛霞。
韵色红开世，文心雕九葩。

解佩令·春风吟

春风已老，韶光渐少。奈如何、苍天谁拗。染绿滋红，唤燕子、新巢多姣。更吹醒、蛰龙梦晓。　斜曛风了，暮愁难料。怕时临、秋霜来早。烂锦年华，带去也、浮云空杪。乃思怜、剪时柳笑。

泾县汀溪

九弯天路入汀溪，林海壑潭莺鸟啼。
水墨泼山临画读，兰香茶畔白云低。

千秋岁·怀袁隆平院士

视屏声泣，当代神农失。心底冷，无言默。湘江流不动，洲上云无碧。民拥道，送公悲泪声安息！　　一介农夫色，朝夕田畴立。谋稻富，耕耘迫。誓言圆双梦，已兑乘凉日。君去也，碗中米饭如何食？

悼孙文光先生

噩耗忽闻如梦疑，醒来泪挂咽凄悲。
初逢沾识唯恨晚，老至含情更惜时。
君去仙原声断耳，我临尘世说于谁。
去年一别成永别，难断愁怀友与师。

汛期夜雨

钟敲夜半梦无成，檐雨滴心愁意生。
怕听素涛声拍岸，可怜泛起小童情。

惜　物

怜惜物珍多古训，修齐家国寄怀情。
腹饥粒米三关度，河涸滴泉千绿生。
存德养廉先克俭，多财丰阜更勤耕。
有知奢侈荒岁月，归到今朝可自明？

林中遣暑

小扇轻摇延径弯，只缘避暑向林闲。
心随翠鸟柳台去，湖荡青荷水畔环。
白石泉流吟乐曲，青篁风送悦眉颜。
红尘隔断绿荫处，远是云天近是山。

读刘禹锡《陋室铭》

千年铭绝调，不减诵吟声。
归去京堂别，行来陋室迎。
德贤扬气节，官禄失天平。
谁解铭文意，慢亲山水情。

咏　　竹

雨霁修篁净，天光泛碧回。
稠枝白石绕，疏影清溪来。
闲卧生酣日，立身听疾雷。
炎寒从不计，自在与松陪。

更漏子·中秋望月

柳疏萧，蝉渐断，又到中秋时愿。星暗暗，月朗朗，照来添鬓苍。　　玉宫静，桂花冷，天地连成三影。无声处，数残灯，家山无语听。

丹阳董永故里

丹阳名两地，分野董山头。
槐树争栽起，鹊桥相架浮。
新颜归化邑，古色太平州。
皖谱天仙曲，黄梅隔岭优。

注：归化邑，为南京市江宁区唐代县名。太平州，为马鞍山当涂县宋代州名。

踏莎行·南陵弋江镇

吴楚名城，宣州都府，皖南显要交通处。贾舟樯撼弋江流，更闻鱼米桑麻富。　　古韵留声，新容有睹，千强名镇九州誉。风流换了昔山河，秋香满溢新街铺。

偕诗友游天门山

故国三秋色，吟家雅兴时。
双峰烟浪立，千棹水云驰。
古曲留山壁，新歌待郢词。
江流声荡激，更唱绝峰诗。

过柿树园

红灯一树挂晴空，园溢香甜馋老翁。
征得主人解馋意，满筐奢品笑如童。

望江东·蛟矶灵泽夫人祠怀古

祠静矶荒少人问，望江畔、黄芦近。古来灵泽受人悯，文宦客、诗章觐。　　华龄蜀汉泪垂忖，水东望、惊涛滚。蜀吴修盟屈身忍，猇亭失、吴江殉。

立冬日咏怀

漫踏园林路，荒寒花木摧。
眼前望淡柳，径上见疏苔。
冬日清心度，梦时佳景来。
坐观风雪至，待赏腊梅开。

芜湖老年学学会为八旬会员庆生即兴

粉墙寿字熠红辉，白发衔光心暖依。
一席颂歌随世去，几番含苦历程归。
闲观世道峥嵘岁，兴逐林园锦绣菲。
福婺遐龄词不敢，待筇林下踏芳薇。

沿中江公园寻中江书院

沿径城东去，清溪柳岸长。
秋光陪白发，身影伴青篁。
欣赏芸窗味，钟怜读者尝。

书缘情不解，雅境说缥缃。

别繁昌易辉胜老友

桐叶故营萧下时，无言相望步难移。
含情不忍怀痌苦，一任鬓华添白丝。

医院就诊

队长声怨望无头，腿软心慌病更愁。
钟走三分求诊毕，归来苦药几囊兜。

赭山诗词组年终茶话会即作

吟句扬歌乐不支，秋翁兴致得春熙。
一堂情溢寒窗外，何问尘间有冷时。

汉宫春·访芜湖书房

城廓文华，看书房遍立，芸阁新名。许民夙愿，便听黎庶誉声。厅堂典雅，敞窗扉、卷帙阗庭。休问讯、书香福地，身临顿觉情生。　　自古鸠兹文富，济风淳物阜，翰墨先兴。中华而今崛起，书苑勤耕。时逢盛世，最无忘、享阅修明。书海涉、清流活水，长风任尔舟行。

二〇二二年

除夕登神山

幽闲梅雪净相融，陪伴沿途向绝峰。
拾径携扶千树白，临高眺望万联红。
牛归足迹留情意，虎至声威振世雄。
举目倾城光景好，江山更待沐东风。

壬寅岁正月初一拜年

八秩添年神未贫，只因四代处如宾。
争先叩拜安康许，老少情怀一屋春。

酒泉子·登芜湖古城长虹门

千载楚城，重起堞门嘉绩。抚青砖，踏玉石，乐生情。　兴登楼阁望香街，古色复来多韵。倚门台，留足印，不忘怀。

偕老伴玉莲游银湖公园

轨道飞车过碧湖，穿梭直向白云隅。
玉桥浮水倚游客，碧树绕堤铺彩途。
分享晴光寒雨尽，吹来绿气暖身娱。
柳怜闲语相携步，一鉴清风入茗壶。

闲　　赋

日高回气暖，从适更衣时。
园逸春华早，宅闲眠梦迟。
落尘方暮色，经岁已年耆。
空捧俸赀食，归来情有思。

春日有怀

春味香浓终入家，端居漫品伴清茶。
久封冷宅三餐饭，一散愁云二月花。
可着夹衣轻赘体。又堪足迹印泥沙。
清明光景时极目，碧宇儿童风筝遮。

遣　寒

推窗山远暗冰天，欲向 梅园览新篇。
兴挹寒流滋笔墨，更展雪海作吟笺。
有诗去冷身心暖，无职投闲亲友缘。
凌冽诚知摧叟老，小楼春熙梦成圆。

汀棠公园怀旧

我来此地忆农家，首筑公园敢种花。
旧阁青廊诗隐韵，新塘绿渚树藏鸦。
风光半世怀昔景，春色盈湖纪岁华。

回看玩鞭亭畔水，村民身上满泥沙。

鹧鸪天·闲望

慢踱楼台望夕阳，大江泛起淡红光。浮云暗去消天际，倦鸟声来归竹旁。　时日短，鬓丝长，相思何必带情伤。凭栏遥寄心中语，欲向冰轮吟几行。

芜湖广福矶

岩壁经磨多少流，荒矶渔泊几朝愁。
一桥飞架横空出，广福奠基磐石酬。

随市老年学会游云耕农庄

百果齐园鱼戏塘，小桥树绿又荷香。
农家换了田野貌，耕读与时新世乡。

渔歌子·铺路砖者

酷暑恨天风断情，褐衣汗滴地回声。凭手力，俯身耕，一厢长道又新平。

久晴喜雨

震耳雷天裂，云低山野昏。
枝头风阵激，檐下雨帘喧。
天赐倾甘水，禾生满绿原。
欣然楼口立，遥望稻香村。

诗　兴

裁诗为乐趣，幸与百家临。
案上寻书问，尘间拾韵斟。
眉开得佳句，情至有同音。
好趁黄昏景，只在自吟心。

题《衍》雕塑品

绿茵桐下趣闻生，父背驮儿酣梦宁。
游客痴眸时半晌，人间此处最关情。

过 花 桥 镇

曾是农家欲试新，缘书相识往来频。
春时已到桑榆晚，绿树村头无故人。

城东金融中心

迷宫财富苑，举目数琼楼。
车拥门前阻，客来窗口稠。
金钱使人醉，情意度时愁。
谁识行径曲，无端难理头。

马鞍山薛家洼生态公园

碧流绿树白云悠，林道踏车添兴游。
新净江山聊故地，不教遗恨向清秋。

金人捧露盘·访菊

转天凉，移步缓，向花房。柳梢静、溪畔苍唐。临山冷苑，望秋来，残叶沐风霜。菊花姿姣，正金颜、漫吐纷芳。　　曾经处，依然景。今日至，又花黄。似梦也、触目篱旁。思来绪乱，恨菊园空座昔醪坊。故人归去，独依栏、谁与吟觞？

重阳节登敬亭山

敬仰诗山景，登高复足来。
耳边风绿竹，脚下雨阶台。
玉石镌歌诵，华亭琢韵回。
无愁沿径湿，诗在绝峰裁。

二坝惠生堤

丝雨茫茫柳叶萧，长堤烟接大江涛。
年年洪水拦浪过，故里黎元举绿醪。

与　枫　说

秋深冷露汝先知，寒里容颜又靓时。
情发空山孤不冷，可知游客仰枫姿？

大阳埠湿地公园赏秋

萧萧林径恣穿行，坐看荷塘一水明。
白发丹枫相与客，无声各自领秋情。

鹧鸪天·闻啼鸟

晨院鸟啼催我醒，披衣愿把旧音听。清声入耳迷迷去，红日临窗淡淡升。　　图恬静，喜莺腾，闲庭光景自知明。大千世事难清晓，安得明朝又鸟声。

减字木兰花·神山怀旧

踱行山上，一股清风身感畅。举目群峰，林绿枫红入碧空。　　重临故地，曾有挥戈风雪赐。今已霜头，对阵同俦何处愁。

散步即兴

日照林间肆遛弯，金风陪步不催还。
白云清净银塘落，鬓影相融一样颜。

望　芦

白头望白头，共语说寒愁。
冬去芦枝绿，春来添鬓秋。

踏雪偶成

信步园清静，梅花竞色开。
好时争一寸，莫道雪融哀。

二〇二三年

立春抒怀

春来醒万物，柳好竞先妆。
梁上乌衣住，田间白鹭翔。
身临迟日暖，时待老人康。
初景催知晓，赶闻花木香。

癸卯岁古城元夕未赴

早告古城灯闹时，回归旧韵又新仪。
有心欲赏花街市，无语却愁苍鬓丝。
空望长虹门接月，无寻青弋水连祠。
自顾眼前闲立影，苦教岁暮逼人迟。

重登神山志喜亭

岁月鬓霜催，登亭剩几回。
凭高何处眺，云隔故园梅。

峨桥铜山

千年兰若几荒门，犹有残碑留旧痕。
弥望村姑持锡杖，青烟漫绕溢香轩。

次韵赵志成先生《〈芜湖历代诗词〉（修订版）得书存谢》

寻韵诗家千百年，白头夜火苦甜连。
书成若道生花意，只植文园不说钱。

重游隐静寺并忆孙文光先生

车行九曲道，眼放五华台。
山畔荒楼草，寺门闲砌埃。
暖春花失意，寒径客徘徊。
圣地名千古，杯松念始栽。

前　　题

久闻杯渡偈，相拾佛家台。
共向僧人语，同行石级埃。
昔时相徜徉，今日独徘徊。
径道犹留迹，无花溪畔栽！

少年游·自思

鬓华已去少年游，风物眼难收。沿途风景，山川百色，都作梦中休。　　晨昏寄寓时光疾，春去又悲秋。多少回眸，经年归处，闲看大江流。

步韵老卡先生《清明雨意》

江流断岸潇潇雨，心念荒茔空自许。
白发哀吟句句凉，柳前丝结绕千绪。

浪淘沙·同赵文奇友游神山公园

春意动新园，绿缛红妍。兴游好趁艳阳天。慢赏樱花过柳岸，云影湖涟。　驻足又凭栏，不尽心欢。柔风阵阵带香还。举目流莺啼向我，莫唱苍颜。

游采石公园二则

游　园

牛渚重来已白头，新园不识旧时游。
燃犀径远行不得，只怨黄昏情未休。

青　莲　祠

楼台高卧醉仙翁，环壁吟声颂大风。
兴唱牡丹亭上月，悲歌一路冷江东。

瞻仰李家发烈士塑像

烈士仪型显巍崇，英年蹈火壮雄风。
安邦卫国忠魂在，同护汉关戎号中。

浣溪沙·烟雨诗社诗友雅集赤铸山书院

踱步春园品画屏，无穷新绿带香生。东风漫抹一湖明。　　书院清幽花木静，诗家淡雅韵歌声。吟坛相会总关情。

方百鸣夫妇陪予及老伴寻泾县新四军战斗旧址纪咏

父子岭阻击战

夷寇欲吞云岭关，风烟日暗遍山寒。
怒号振宇飞将出，破敌麾旌血染丹。

丕　岭

枪向铁军第一声，烽烟四罩阻行程。
誓师破寇断无路，冤恨英魂何处鸣？

石井坑

一股清泉自在流，群山幽壑绿风悠。
谁知昔日硝烟处，血水相融满谷沟。

蜜蜂洞

领军抗寇战凶顽，痛失元戎冤此山。
仰望云峰烟没眼，何曾雾罩淡光颜。

茂林皖南事变发生地标记物

抗寇铁军何罪来，九千将士血流哀。
青山埋骨魂犹在，肃立琬碑先烈怀。

初　夏

林荫浓复漏光裁，上有翠莺歌唱开。
岸柳清闲风动绿，小荷撑水送香来。

过山村

小道林深四五家，鸡声闻得隔篱笆。
清塘几朵嫩莲立，争着红装竞绮霞。

同赵文奇、李思强、陶子德、汪文润、杨玉清友游东湖公园

沚津光景秀，举目一湖新。
白发林篁畔，青云荷水滨。
塔前留画影，座上叹年辰。
声闹花木里，原来戎马人。

和县鸡笼山

一峰独秀万山低，佛殿依岩影玉溪。
不敢披云登石级，亭前闲听锦鸡啼。

双调忆江南·夏日吟

时已见，烈日上东楼。杨柳凋颜垂白水，丛兰收色卧荒畴，衰鬓亦添愁。　　人不见，老友各闲楼。微信声声相慰问，怀情念念共于讴，消散暑门忧。

闻　酒　楼

一餐金万值，百姓半年薪。
天地分贫富，莫言人与人。

眼儿媚·游南陵水龙山瀑布遇雨

天暗云低雨垂稠，深入壑中愁。容身无处，托躬林下，进退躇踌。　　雨参崖水流声急，满眼翠烟浮。高山悬瀑，湖光林影，难忘其游。

深　秋　吟

鹧鸪声淡雁南归，一股新凉贴布衣。
青女不知怜老苦，偏同冷月入心扉。

生查子·病中作

斜日已辞云，风冷霜头楚。凝目大江流，浪滚于心煮。　　桥上乱霓虹，映水无情睹。抱疾月光寒，人老身心苦。

望　巢　湖

百里银波远，无边漂素烟。
姥山浮碧水，中庙架清渊。
古韵湖傍秀，新风堤岸妍。
难穷云水泽，余兴待期圆。

诗　　情

诗缘情结老来深，共度年光兴作吟。
今古骚篇常日会，晴阴书案四时临。
有闻翰墨知香味，漫品郢歌得雅音。
但使自娱能伴岁，黄昏余韵梦追寻。

自　吟

一生甘苦老来知，论究枯荣时已迟。
过往烟云作娱记，莫愁遗恨自吟诗。

附录：诗友贺诗

贺刘君永义先生诗集《舒翁吟稿》面世

丁以正

玉帐悬弓出柳营，鸠兹驰聘任纵横。
论书自得真文字，为吏不求虚利名。
与世沉浮身已倦，惟诗颀颉志犹情。
晚来携卷临江渚，亭下微吟唤月明。

贺刘公《舒翁吟稿》付梓

卜近知

诗坛荟萃遇刘公，学海扬帆意气通。
骚客知音何处觅，舒翁吟稿有莲风。

青玉案·恭贺馆长刘公《舒翁吟稿》付梓

马　燕

菜花十里樱花叠，更廊榭、春山接。绕转烟楼争舞蝶。横云赭麓，忆人湖月，斗靡新声彻。　　追光浓笔如芳烈，来敌纷披玉枝叶。出入骊龙兵亦铁，凌空白马，升腾碧血，真挚丰肌骨。

贺刘公《舒翁吟稿》付梓

马维珍

烟雨诗坛贺喜频，舒翁雅集韵章新。
怀情伏枥挥椽笔，文苑吟花别样春。

贺刘永义先生《舒翁吟稿》付梓

王太龙

踏歌词

茂茂翩翩秀，
刘公思不群。
镌磨而觅巧，
磋切致精新。
吟稿似经纶，
厚积自殊珍。

贺《舒翁吟稿》付梓

刘如松

舒翁吟稿见深情，细作辛勤着力耕。

满纸馨香家国事，诗坛侧目史留名。

刘永义先生《舒翁吟稿》付梓致贺

刘表位

一

永矣诗翁，大雅扶轮真气节；
义乎野老，斯文并席正衣冠。

二

舒翁吟稿见胸怀，一卷精编淡雅斋。
野戍风生怜我老，诗坛笔拙与君偕。
爱莲彻影栖池畔，看竹虚心上玉阶。
写意沧桑流逸韵，刷新鉴古惠朋侪。

贺刘永义先生《舒翁吟稿》付梓

刘青源

戎中情意撰云章，雄厚文风润一方。
诗苑新添经典著，于湖留迹映波扬。

贺刘永义馆长佳作付梓

孙云兰

戎马生涯未卸鞍，烟墩书海博波澜。
精神未倦存无价，难得佳辞益咏坛。

刘永义先生《舒翁吟稿》付梓，致贺

邢克娜

刘老永怀诗义情，弘扬国学醉躬耕。
镜湖烟雨飘神藻，笔底乾坤气象荣。

贺刘老先生《舒翁吟稿》诗集付梓

许锦先

跋山涉水逐征程，风雨飘摇自不惊。
朱服加身能拔俗，闲翁弄笔亦知名。
心丹无悔从戎事，鬓白长怀揽辔情。
莫道人间春已老，四时幽趣入吟声。

贺刘公永义《舒翁吟稿》付梓

吴　林

一

春风拂柳北窗前，喜见舒翁逸志篇。
声律回回人教识，乐章阕阕合心弦。
由来得悟同收益，更有真诚待事先。
夙愿欣成堪慰藉，知君当数邑中贤。

二

长以诗心对世尘，豪情不减往来生。
香樟深沁陶然乐，诗会每听心气声。
村野逸行谁数步，芙蕖颙望自多情。
幽操旋出楼头上，任水东流亘古程。

欣闻刘永义先生《舒翁吟稿》付梓，致贺

吴敬立

常忆烟墩讲习堂，先生授课气轩昂。
弘扬国学播甘露，培训新英作嫁裳。
咏水吟山留雅韵，清音逸律入宫商。
翰香盈目珠玑闪，一卷新成耀皖乡。

贺刘永义先生诗集《舒翁吟稿》面世

李本生

诵佩诗翁吟稿篇，珠玑碧玉字词连。
群书细读贮佳句，信手拈来撰美编。
满纸深藏孟陶笔，随心远寄日星悬。
不虚人世匆忙客，一部锦囊歌永年。

贺刘永义先生《舒翁吟稿》付梓

杨　青

戎马图南不懈耕，依然耄耋力躬行。
谆谆教诲时盈耳，付梓书成育后生。

刘永义老馆长《舒翁吟稿》付梓之际，嘱余为之作序，感赋兼贺

张双柱

深樾红楼绿满丛，镜湖春意好吟风。
图南种学常相勖，服义投军早发蒙。
饱识斑璘无瞽叟，惯看烟雨有书翁。
舒怀似此难容梦，拟就生涯换钓篷。

刘永义馆长《舒翁吟稿》付梓之际感赋兼贺

赵志成

岁月如翁卷与舒，穿山逝水自成渠。
一章永义欣然阅，欲品文华捧此书。

贺刘永义词丈《舒翁吟稿》付梓

姚　祥

骚坛不钓名，谦逊洽群英。
蛰久传书讯，梦长付韵声。
清芬成格调，浑厚隐空灵。
我亦疏离故，难行月旦评。

贺刘永义先生《舒翁吟稿》付梓

俞学玉

咏坛举帜笑吟春，镜泊流辉烟雨新。
柳浪雯云莺燕舞，图南鸿雁九天巡。

恭贺刘永义先生《舒翁吟稿》付梓

袁之良

文追李杜乐悠悠，笔下诗词韵味稠。
不忘初心真理唤，情投烟雨著春秋。

鹧鸪天·贺刘公永义先生《舒翁吟稿》出版

陶子德

书苑多情润笔锋，于湖烟雨醉舒翁。推窗望月欣光满，铺页挥毫写纸穷。　杨柳翠，夕阳红，耕耘半亩几推盅。珠玑剔透同莲美，露点娇颜馥郁浓。

贺刘永义先生《舒翁吟稿》付梓

陶能林

军旅书香含正气，诗词烟雨显情怀。
吟莲本是明廉志，惊艳花开蜂蝶乖。

贺刘永义先生《舒翁吟稿》付梓

徐　云

军旅生涯儒士风，畅游翰苑乐无穷。
丹青妙手撰吟稿，诗赋流香雅意融。

贺《舒翁吟稿》付梓

钱　静

文才八斗倍精耕，德化诗章意寄情。
雅俗同馨高格调，新芳晚岁久成名。

贺刘永义先生《舒翁吟稿》付梓

唐月霞

戎马生涯雨雪风，情怀家国意无穷。
唐风宋雨新书著，国粹传承犹有功。

贺《舒翁吟稿》付梓

海良好

诗风沐浴意缠绵，日月躬耕别洞天。
恣肆徜徉山水秀，溪流汩汩入心田。

贺刘永义《舒翁吟稿》付梓

谈怡中

舒卷旌旗听号声，翁吟戈剑一生情。
稿中又见红楼韵，惊起长江浪不平。

祝贺刘永义先生《舒翁吟稿》付梓

黄素平

情怀国学图南志，举帜骚坛雅韵新。
镜泊流晖烟雨醉，浓香馥郁楚天巡。

七律·贺刘永义先生《舒翁吟稿》付梓

盛书刚

金峨溪畔始逢君，警枕辕门嗜缀文。
五十莺春求奥义，一千雅咏发清芬。
平安庄里梨和枣，烟雨墩头水与云。
诗舸几时斜照下，声声欸乃永流闻。

甲辰春贺刘老永义会长新书出版

谢玉荣

莲心佛性两相宜，白发从容忆骏驰。
铁血犹闻家国盛，东风已放第一枝。

贺永义先生《舒翁吟稿》付梓

董学炜

镜湖烟雨识刘公，心系诗坛济世功。
老骥犹怀骚客志，舒翁吟稿寄初衷。

贺刘永义先生《舒翁吟稿》付梓

程能平

舒翁永义有风情，竭智求真品更清。
好学修身吟咏乐，从戎报国放歌行。
护呵文献传贤业，绮丽诗章享盛名。
堪以赤心酬重任，春华秋实自纵横。

贺刘永义先生《舒翁吟稿》付梓

樊胜堂

搁笔从军帐，开帆七品仙。
诗坛耕韵律，文苑润心田。
江水毫端砚，唐风宋雨笺。
胸怀呈国粹，鹍展傲苍天。

后　　记

职归遣闲，重温诗词爱好之趣，在老师、诗友指导和帮助下，入诗词学习与写作之列。二十年来，虽写了一些诗词作品，但不尽如人意，仅聊以自娱。

《舒翁吟稿》，选自2003年至2023年所创作的诗词，共六百余首（阕）。选编诗词稿得张双柱先生审校，并为之作序，又得潘保根先生的序与赋，以及盛书刚、赵志成先生指导，在此深表谢意。

由于本人才蔽识浅，诗意诗艺欠佳，不当之处，恭请方家雅正。

刘永义

2024年11月